Everywhere

: 자주 연락하자, 우리

○○○○

일상생활에 힘에 부칠 때면 돌아오는 방법은 생각하지 않은 채 나아가는 길만을 찾아 바다로 떠났다.

정류장에 내려 수풀 사이로 보이는 바다의 형상이 보이기 시작할 때부터 마음이 일렁인다. 한 걸음, 두 걸음, 신발 사이로 스며드는 모래를 밟으며 걷다가 수천 가지의 모습으로 지우고 새기기를 반복하는 파도를 정면에서 맞닥뜨렸을 때 속에서 억누르고 있던 모습이 터져 나왔다. 다시 돌아와서는 바다와 내가 오롯이 사방을 메우고 있는 그 시간을 계속해서 떠올리기만 했다.

○○○○

바다 앞에 서면 고요해진다. 어디서 왔는지 모를 것들이 다채로운 모습으로 큰 소리를 내며 계속 다가 온다.

일주일의 끝자락에 꼭 하는 일이 있다면, 아무 소리도 나지 않는 작은 방 안에서 아무 소리도 내지 않은 채 몇 분 동안 누워 있는 것이다. 적막에 집중하다 보면 몸과 마음이 같은 곳을 향하고 그 속에 텅 빈 모습을 마주할 수 있다. 마치 바다를 앞에 두고 서 있는 것처럼.

프롤로그

끄적거린 짧은 메모를 모으고 시절을 가장 잘 담고 있는 연재했던 글과, 아무도 보여주지 않을 것처럼 써낸 글을 한데 모았더니 빠르게 흐른 시간을 체감하게 됩니다.

변하는 생각을 붙잡아 5년마다 책으로 엮겠다는 다짐은 20살부터 25살까지의 생각을 담은 전작인 <Anywhere; 어디에서나>에 이어 지금도 계속되고 있지만 여전히 당신에게 읽힐 것을 생각하면 쑥스럽습니다.

이번 책을 만들면서 '낼까, 내지 말까.'라는 고민을 얼마나 많이 했는지 모릅니다. 하지만 그 생각의 끝은 언제나 '그럼에도 불구하고'였어요.

제 기준에서 '잘' 쓴 글만 실어야겠다는 생각은

애초에 하지 않았습니다. 마음이 오그라들고 부끄럽고 뜬구름처럼 조각 나 있는 생각을 얼기설기 나열해 놓은 모습의 글이지만 과거의 나와 현재의 나, 그리고 미래의 내가 조금 더 자주 연락하길 바라며 책으로 엮었어요. (당신과의 약속도 있었고요.)

전작과 더불어 여전히 교정 교열을 최소화한 탓에 거친 문장과 함께 꽤 큰 구멍이 연속해서 발견되지만, 26살부터 31살까지 스쳤던 생각과 감정, 내음을 원래의 모습 그대로 고스란히 담았습니다. 글을 읽다가 발견한 구멍에는 당신의 이야기를 끼워 넣어주시기를!

부디 거칠게 읽어주세요.
그리고 정말 고맙습니다.

2024년 10월
지현이가.

●●●○

●●●●

●○○○○

사랑이란 감정을 말로 설명하진 못해요.
하지만 바다를 생각하면 사랑이란 단어가 떠오르죠.
그냥 그런 것 같아요. 저는 바다를 사랑해요.
이유는 찾지 못했지만요.

*

"아직 서로 잘 몰라."

사귄 지 한 달 정도 된 남자 친구에 대해 이야기하던 친구는 머쓱한 표정으로 이렇게 말했다. 나는 대답 대신 고개를 깊게 두어 번 끄덕였다. 장거리 연애를 시작하고 세 번의 만남을 가지면서 그가 보여준 배려와 다정한 말투는 그녀를 뭉클하게 만들었지만 그래도 모르는 게 더 많다고 했다. 만남을 지속하는 동안 유일하게 의견 차이가 있었던 작은 사건에 대해 '그런 방면도 있더라'하고 말한 친구는 다른 생각을 하는 그가 놀랍다고 했다. 새롭게 시작된 사랑을 이야기하는 그녀의 눈이 반짝거렸다.

요즘 사랑과 관련된 산문집을 자주 펼쳤다. 연인뿐만 아니라 가족과 친구, 자신에 대해 사랑을 다양한 형태로 써낸 글을 읽으면 밀가루와 달걀을 섞고 반죽을 주무르고 동그랗게 빚어 오븐에 올린 후 모락모락 나는 김을 코로 맡을 때까지 빵이 만들어지는 모든 과정을 본 사람처럼 즐거웠다. 사랑에 대한 묘사는 무척 상냥하다. 가슴 아픈 이별의 감정으로 써낸 문장을 읽을 때조차 그랬다. '사랑 따위!'라며 동네북이 되기도 하는, 항상 두들겨 맞고 패대기까지 쳐지는 상황에서도 그 존재를 증명하는 사랑은 자체로 사랑스럽다.

'Old-fashioned love'라고 영문 병기를 적은 김단한 작가의 <구시대적 사랑>을 펼쳤을 때는 입술을 지그시 깨물었다. 작가가 묘사한 사랑은 어떤 페이지를 펼쳐 읽어도 정확히 일 분이 지나면 '저도 그랬잖아요. 엉엉. 아니, 내 마음을 언제 옮겨놓으셨나?' 하며 작가를 붙잡고 울고 있는 모양새가 되었다. 사랑을 시작하기 전부터, 푹 빠졌을 때 그리고 끝나고 나서의 마음을 그때마다 글자로 바꾸어 종이에 복사해 둔 것 같다. 관대해질 수밖에 없는 유일한 존재를 만나 체념하고 받아들이는 모습이 마치 서슬이 시퍼런 마음 뒤에 서 있는 나를 보고 있는 것 같았다.

사랑을 할 수밖에 없다. 가졌는지도 몰랐던 감정을 분출시키고 낯선 존재처럼 그것을 마주할 때 살아있음을 자각한다. 뜨거운 주전자에 손을 데고 있는지 모른 채 마냥 웃고 있거나 그을린 자국이 오래 지워지지 않아 매번 마주해야 할 때도, '행복하다'와 '사랑한다'는 같은 의미가 있지 않음을 알고 있어도 또다시 사랑을 시작한다.

처음 마주한 타인을 대하고 알아갈 때 평소보다 많은 부분에서 관대해지는 모습을 보며 '나는 나에게 상냥한 사람인가?'란 생각이 들었다. 그래서 사랑을 묘사한 작가들의 책을 꺼냈다. 다칠 수도 있다는 걸 어느 정도 감수하고 타인을 대할 때와 달리, 정작 나는 할퀴고 데고 쓸리더라도 '이 정도는 괜찮지?'라며 앞으로 계속 뛰어가기만 했다. 상냥함은 둘째치고 내버려두고 가는 모습이 비정하기까지 하다. 작가들의 글을 읽으며 아릿하고 따끔거렸던 이유도 토라진 마음이 소리쳤기 때문일까. 정말 그렇다면, 그래서 산문집으로 손을 뻗게 만든 것이라면 잘못을 인정하는 일을 제일 어렵게 느꼈던 부끄러운 마음이 소리를 내고 있다는 징조 같아 대견했다.

몇십 년을 살아왔어도 언제나 처음 보는 사람처럼 나를 대하고 알아간다. 먹고 싶은 것을 양껏 먹고 운동을 가지 않아 부푼 배와 빈 곳 없이 철썩 붙어있는 허벅지를 바라보거나, 일정표에 계획해 둔 일을 모두 진행하지 못한 채 한숨을 쉬며 침대에 누워도 '괜찮다, 다시 시작하면 된다.'고 말할 수 있는 상냥한 사람이 되어야겠다고 다짐한다. 무조건 용인하는 게 아니라 새살이 돋아날 때까지 독려하며 괜찮다고 아주 조심스럽게 이야기를 건네주는 그런 사람.

사랑에 대한 묘사로부터 얻은 상냥함 옆에 또 다른 사랑을 여러 개 나열해 두고 마주하는 것이 즐겁다.

●○○○

사랑에 형태가 있다면
단 하나만 존재하지 않을 테니까.

●○○○○

사랑에 대한 미세한 근거조차 떠올리지 못한 데에는
두려움이 자리했다. 매일 커지던 마음이 끝내 부서지
는 것을 보았기에. 발치에 닿은 파도가 맥없이 거품으
로 사라지는 모습을 마주해서.

이 모든 것이 두려워 시작조차 하지 않았고
누군가의 질문에는 '아직 사랑을 모른다'라고 말했다.

*

　언젠가 한바탕 비가 내리고 나서 안개가 자욱하게 낀 바다에 간 적이 있다. 사방이 회색빛으로 가득 차 자갈밭과 물의 경계조차 보이지 않고 오로지 파도 소리만 들리던 안면도의 어느 바닷가였다.

　안개가 잔뜩 껴있는 바다에서 흙과 먼지가 물에 흠뻑 젖어 풍기는 비와 닮은 냄새를 맡았다. 종이에 선 하나 긋기도 전에 울어 젖히는 마음이 하루를 무력하게 만들었던 스무 살 초, 방지턱을 넘을 때마다 창문에 부딪히는 머리를 그대로 둔 채 밖을 보다가 며칠 전 잡지에서 본 독립영화관이 떠올랐다. 대부분 작은 카페를 같이 운영하는 곳이 많았는데 소개 사진에 찍힌 사람들에게서 낯선 분위기가 풍겼다. 좋아하는 감독의 책을 초롱초롱한 눈빛으로 읽고 있거나 영화 소개가 빼곡하게 적힌 홍보물을 펼쳐 두고 골똘히 고민하는 사람들을 보며 달콤하고 찐득한 캐러멜 팝콘 향에 홀려 콜라와 나초, 빨간색의 팝콘 상자를 들고 영화를 관람하기도 전에 다양한 곳에 힘을 소진하던 일반 영화관과 다른 점을 발견할 것 같은 기대가 생겼다.

　어디에도 이곳이 영화관이라는 표시나 안내 문구

가 없었다. 불도 들어오지 않는 작은 간판에 쓰인 '시네마'란 단어를 보고 그제야 철문을 열었다. 내부 또한 카페의 모양새를 하고 있었는데 누군가 문을 열고 들어오든 말든 노트북 화면에 몰두하고 있는 사람들이 대여섯 앉아 있었다. 독서실 같은 분위기에 잔뜩 움츠러들어 고개를 돌리자, 비닐 팩에 담겨있는 와인 그림이 메뉴판에 큼지막하게 그려져 있었다. 화이트와 레드 중 선택이 가능했고 관람 시에도 들고 마실 수 있도록 양도 제법 많아 보였다. 엄지손톱만큼 열어둔 틈 사이에 빨대를 꽂아 무심하게 건네준 와인 팩을 쪽쪽 빨며 상영관이 있다는 2층으로 올라갔다. 심드렁한 표정으로 영화 포스터를 말고 있던 직원이 정시에 입장하면 된다고 말하곤 곧바로 사라졌다. 좌석을 찾아 발걸음을 뗄 때마다 먼지 냄새와 쌉싸래한 바다 냄새가 카펫에서 풀풀 올라왔다.

뒷좌석에 앉아 영화를 기다리는 동안 음료를 쥐고 편안하게 등을 기댄 채 앉아 있는 사람들은 모두 혼자였다. 상영 스크린에서 영사실까지 성인 보폭으로 열 걸음 남짓 되는 작은 상영관에서 거리를 두고 띄엄띄엄 앉아 있는 모습은 바다 한가운데 둥둥 떠 있는 섬처럼 보였다.

처음으로 방문한 독립영화관에서 본 첫 영화는 정말 이상했다. 배우의 얼굴이 화면을 가득 메울 때까지 확대하는 줌 인(zoom in)이 갑작스럽고 뜬금없는 장면에서 시작될 때면 매우 당황스러웠다. 이야기가 전개되면서 과거의 시간으로 이동하거나 감정 변화가 생기는 장면에서는 컬러에서 흑백 화면으로 전환되기도 하고 '이건 뭔가' 싶은 요소들을 따라잡고 있다고 생각할 때쯤엔 갑자기 스크린에서 엔딩 크레딧이 올라왔다.

일주일이 지나서도 여전히 이상하고, 또 이상하게 느껴졌지만, 일상에서 특정 장면이 잔상처럼 일렁였다. 이주일이 지났을 땐 줌인 기법으로 과장했던 모든 요소가 사실은 감정을 시각적으로 볼 수 있다는 걸 알려주려고 의도한 건 아니었을까 하는 생각이 들었다.

영화가 상영되는 동안 때때로 그들을 바라봤다. 맨 앞줄에 앉은 남자는 어깨를 들썩이고 있었고 왼쪽 대각선에 앉은 여자는 열심히 숨죽여 울고 있었다. 영화가 끝나고 불이 켜졌지만, 일어나는 사람은 아무도 없었다.

상영관을 빠져나오다가 출입문 옆 나무 의자에 놓인 스테인리스 재떨이를 봤다. 영화를 보면서 맡았던 냄새가 스쳤다.

소리 내 울지 않던 여자는 실내 수영장의 염소 냄새가 났고 영화를 보는 내내 어깨를 들썩였던 남자는 지기 직전의 목련꽃 향을 풍겼다. 시각화하면 흑백의 바다가 떠오르는 그런 냄새들이었다.

오로지 하나의 영화를 보기 위해 빛이 들어오지 않는 장소에 모여 같은 곳을 응시하는 사람들과 같은 공간에 머물고 나니 영화관 카펫 냄새와 섞여 풍겨온 그들의 냄새에 대한 막연한 그리움이 생겼다. '그때 그곳에 있던 사람들과 같은 시간에 머무는 날이 다시 올까?' 하는 생각은 영화를 기다리며 카페에 앉아 있거나 그날 같이 봤던 감독의 영화 포스터를 볼 때면 자연스럽게 떠올랐다. 지금도 '독립영화관'이란 단어를 마주하면 바다 냄새부터 비, 염소, 목련 냄새가 넘실거린다.

'타인의 의도적인 개입으로 서로를 오해하고 그것을 풀지 못한 채 헤어진 두 사람이 슬픔에 사무친 날을 보내다가 언젠가 서로를 만날 수 있다고 생각하며 오랜 시간을 머물며 기다리는 곳'. 이곳을 떠올리면 왜 이런 생각이 들까.

●○○○

비가 오면 원래의 자리로 흩어지는 마음들.

●○○○

이동하면서 들을 음악을 플레이리스트에 정리해
두는 일, 근처에 있는 독립 영화관의 상영 시간표를
확인하고 고민하는 일.

*

　낡은 철제 침대 위에서 이불을 목까지 끌어올리고 식은땀을 흘리고 있는 아휘에게 보영은 배가 고프다고 보채기 시작한다. 이에 어이가 없다는 듯 "너는 내가 이런 상황인데도!"라며 언성을 높이며 당장이라도 싸울 것처럼 씩씩댔지만 게스트 하우스 1층 부엌에서 국자를 들고 냄비 앞에 멍한 표정으로 서 있는 아휘의 모습이 이어진다. 아픈 그에게 눈길 한 번 주지 않고 식탁에 앉아 차려진 음식을 허겁지겁 먹는 보영은 얄미울 정도로 천진하고 뻔뻔했다. 조금이라도 힘을 풀면 놓쳐버릴 것 같은 사랑을 양손 가득 움켜쥐고 버티고 있는 사람 같았다.

　간밤에 몇 번을 깼는지 모르겠다. 미간 사이를 좁히고 실처럼 얇게 눈을 뜨고 창문에 비친 색을 확인하고 다시 잠들기를 여러 번, 잤다고 표현하기 어려울 정도로 몽롱한 상태다. 오늘의 빛을 조금이라도 천천히 맞이하고 싶은 마음에, 꼭 감고 있는 눈꺼풀 속의 눈알을 이리저리 굴리며 일어났다.
　'배고파.' 어떻게 일어나자마자 바로 배가 고픈지. 어제 있었던 일에 대해 애써 외면하고 있는 감정이 어떤 것인지 잘 알면서도 모든 걸 제치고 일단 배가 고팠다. 거실로 나와 정수기 앞에 작은 컵을 놓고 연기가 피어오르는 그림이 새겨진 버튼을 눌렀다. 오늘이 왔다.

"이제 그만하자. 계속 이유 갖다 붙이지 마. 좋게 헤어지고 싶다는 마음에서 그런 얘기를 덧붙이는 건지 모르겠지만 그만해. 그냥 헤어지고 싶다는 얘기잖아."

이별했음에도 떠올리면 계속 화가 나는 사람은 처음이었다. 베개를 베고 누우면 위선과 모순이 섞인 말을 토해내는 상대의 모습이 떠올랐고 '그 말을 해줬어야 하는데!'라는 생각이 꼬리를 물기 시작하면 억울함 때문에 금방이라도 울음이 터질 것 같은 감정이 되었다. 억지로 눈을 감고 있었지만, 점점 생생해지는 정신은 이내 잠드는 걸 포기하게 했다. 결국 의자에 걸쳐둔 옷을 꺼내 갈아입고 문을 나섰다.

사람들이 잘 찾지 않는 외딴 영화관에 왔다. 26년 만에 재개봉한 영화를 예매하고 에스컬레이터 앞에 휘청이며 서 있는 안내 표지판을 보며 계단을 올랐다. 150명을 수용할 수 있는 상영관의 맨 뒷자리에 앉아 광고를 보고 있는 동안, 두 줄 앞 가운데 좌석으로 모르는 사람 한 명이 앉았다. 2자리가 채워진 고요한 공간은 곧바로 어둠이 깔렸다.

애정과 증오가 뒤엉켜 본래의 모습을 찾을 생각조차 않는 그들에게 다시 아침이 왔다. 보영은 아휘가 일하러 나간 틈을 타 그가 숨겨둔 자신의 여권을 찾기 위해 집안을 헤집어 놓았다. 자신이 떠나지 못하도록 여권을 숨긴 게 아니냐며 울부짖는 보영의 모습에도 아휘는 보일락말락 한 웃음을 흘리며 모르쇠로 일관한다. 그들이 움켜쥐고 있던 사랑의 모양이 서로 달랐다. 같다고 생각하며 시작했고 이후에 다시 이어 붙이기도 했건만, 세게 붙잡을수록 서로를 찌르며 산산조각 났다. 영화 초반, "우리 다시 시작하자."라는 대사가 2번 정도 반복되고 더불어 주인공들의 감정이 휘몰아치거나 변화가 있을 땐 엄청난 굉음과 거품과 함께 세상의 끝으로 떨어지는 이과수 폭포 장면이 나온다. 여러모로 지독한 영화였다.

상영관을 나서니 더욱 깊어진 밤은 검다 못해 칠흑으로 바뀌어 있었다. 털레털레 슬리퍼를 끌며 집으로 돌아가는 길에 있는 신호등에서 잠시 눈을 감고 서 있었다.

왜 이렇게 눈물이 쏟아질 것만 같은 아침인지.

어제 본 영화 때문일까. 그들의 지독한 아침이 꼭 내 것인 양 떠올랐다. 귓속을 맴도는 탱고 음악과 이과수 폭포의 굉음이 떠오를 때마다 심장이 철렁였다. 주인공들의 모습처럼 폭포 속에 마음을 던져두고 허우적대는 것도 괜찮지 않을까 하고 생각하며 새벽에 취해 잠들었다.

"이제 그만하자."

양치질하며 거울 속에 비친 나에게 소리 내 얘기했다. 온갖 감정이 휘몰아치는 게 꼭 영화 속에 나왔던 폭포 같다. 그 말을 퍼부었어야 한다며 안타까워하는 마음과 문득 치밀어오르는 지나간 시간에 대한 화 따위가 온 하루를 잠식하게 두고 싶지 않다. 일단은 아침을 먹자.

어제는 어제라서, 오늘은 오늘이라서 배가 고프다. 프라이팬을 꺼내 두부를 으깨고 계란과 파를 썰어 볶는다. 따뜻한 증기가 콧등을 타고 올라온다. 어떠한 평가도 실수에 대한 분석도 필요 없이 그저 무조건적인 위로가 필요할 땐 음식을 먹는 게 좋다. 하루를 마무리할 때까지의 시간 중, 문득 위축되는 순간이 찾아오면 아주 든든함으로 변해있던 아침 식사가 작은 힘을 건네기도 한다. 다행히 꽤 빠른 효과로 나타난 건지, 식사를 마치고 입에 양칫물을 한가득 머금었다 뱉어내니 한결 속이 편했다.

　오늘은 어제와 같은 일이 일어나지 않을 새로운 날이다. 억울함이든 서운함이든 안타까움이든 지난 시간으로부터 상기된 감정이 오늘에 비집고 들어오지 않도록 노력하자. 영화 속에서 끝없이 떨어지는 폭포를 보며 나는 무슨 생각을 했더라. 매직아이처럼 빙글빙글 폭포에 들어갔었나, 아니면 그를 생각하는 나를 떠올렸었나.

　주) *글에 등장하는 영화는 왕가위 감독의 1997년 작, <해피투게더>입니다. 장국영과 양조위 배우가 출연하고 아르헨티나를 배경으로 이야기가 전개됩니다.

●○○○

슬픔이란 감정을 어떻게 받아들여야 할지,
어떻게 가다듬어야 할지 모르겠다.

●○○○

이제는 못 할 것 같았던 마음을 베어내는 일을
또다시 시작한다. 또, 또다시, 다시 한번.

●○○○

사랑이란 단어를 뱉는 순간,
눈물이 왈칵 쏟아질 것 같아서 그랬다.
이 마음을 꺼내 형체를 가진 단어로 만들고 나면
그다음은 어찌해야 할지 모르겠어서.

●○○○○

상대의 곁에 머무르고 있는 모든 순간마다
사랑한다고 말하고 있다는 걸….
그 마음이 닿길 바라며 홀로 되뇐다.

*

　미술관에서 스태프를 모집한다는 공고를 보고 지원서를 작성하여 제출했다. 거대한 원형 테이블을 가운데에 두고 무표정으로 앉아 이력서를 뒤적이던 면접관이 자동 응답기처럼 반복적인 질문을 차례로 던지기 시작했다. 앞서 간단한 자기소개만 물어보던 면접관은 갑자기 내 차례에서 질문을 바꾸었다.

　"미술관에서 왜 일하고 싶어요?" 순간 준비한 답변이 가루가 되어 훌훌 날아갔다. 당황스러움에 아무것도 남지 않은 머릿속은 어떠한 단어도 떠오르지 않았다. 이왕 이렇게 된 거 솔직하게 얘기할까? 돈 벌어서 다른 나라 미술관도 가보려고요, 아니야, 나 여기서 진짜 일해보고 싶은데, 왜 하고 싶었지?

　"미술관에서 나는 냄새가 좋아서요." 휘둥그레진 면접관의 눈을 기억한다. "아무도 없는 미술관에서 한 작품 앞에 오랜 시간 서 있던 적이 있었는데요. 오래된 작품에서 나는 냄새에 눈물이 날 것 같기도 하고 고요해서 무섭기도 하다가, 이내 차분한 감정이 들었어요. 텅 빈 놀이공원에 홀로 서 있는 것처럼요. 그때 감정을 관람객들과 공유하고 싶었습니다." 생각나는 대로 툭 뱉은 대답은 나조차 당황스럽게 만들었다. 냄새가 좋아서라니. 오래된 작품이어서 나는 냄새인지 작품을 보호하기 위해 처리한 보존제 냄새인지도 모를 그것에 대해 이야기하다니. 어처구니없게 면접에서 취향을 이야기하는 사람이 어디 있나!

입을 오물거리며 기어들어 가는 목소리로 답변을 마치자 듣는 내내 무표정하던 면접관의 얼굴에 옅은 웃음이 스쳐 가는 걸 본 것도 같다. 집에 돌아오는 버스에서 '도대체 내가 무슨 말을 한 거지?'란 생각에 미간 사이가 잔뜩 좁혀졌다. '아무래도 이상한 사람으로 봤을 거야' 자책하며 체념한 얼굴로 액정 화면의 스크롤을 내리고 있는데 'ㅇㅇ미술관'이란 제목의 문자가 도착했다.

미술관에서 스태프로 일한다고 하면 고상하다는 시선을 받기도 한다. 실상은 지정된 구역에 있는 간이 의자에 앉아 작품에 손을 뻗는 관람객에게 주의를 주거나 전시 동선을 안내하는 등의 간단한 업무를 진행할 뿐이다. 근무했던 미술관은 총 3개의 전시실로 이루어져 있었는데 1곳은 새로운 기획전이 열릴 때만 오픈되었고 나머지 2곳은 고미술부터 현대 미술까지 주제별로 나뉜 작품이 상설 전시로 진행되었다. 일주일마다 나눠주는 근무 일정표 상단에 '기획전'이라 적혀있으면 여기저기서 앓는 소리가 났다.

항상 사람이 많이 몰렸기에 의자에 앉아 작품을 감상하기는커녕, 다섯 손가락을 활짝 펼쳐 작품을 문대거나 작품인지 모르고 벤치처럼 앉는 관람객을 제지하기 위해 이리저리 뛰어다니다 보면 근무가 끝났기 때문이다. 반면 상설전은 기존 전시 작품이 교체되는 일이 없었기에 한 번 관람했던 사람들은 다시 찾기까지 오랜 시간이 걸려 평일엔 손가락으로 꼽을 수 있을 정도의 사람만 방문했다. 일정표에 '상설전'으로 표기가 되어 있으면 '이번 주는 조용히 혼자만의 시간을 가질 수 있겠군' 하며 모든 스태프가 편애하는 곳이었다.

상설전에 배치된 지 일주일째. 이번 주는 유난히 관람객이 없다. 마감 시간을 2시간 남겨두고 오래 앉아 있어 부은 다리를 이끌며 일어섰다. 환풍기의 작은 바람 소리와 나무 바닥을 걷는 나의 발소리를 제외하곤 어떤 소리도 나지 않았다. 오늘 마지막으로 근무하는 층에는 고서화가 전시되어 있었다. 고려시대 불화부터 조선시대의 수묵화, 산수화까지 '보물', '국보'라 지정되어 있다는 안내 문구가 여럿 붙어 있을 정도로 귀한 작품이 즐비했다. 천천히 작품을 보며 걷다가 비단에 꽃과 새를 그려놓은 신사임당의 고대 화첩을 지날 때쯤 타 작품보다 3배는 낮은

조도로 조정되어 최소한의 빛을 받는 한 작품 앞에 멈춰 섰다.

지금으로부터 7세기 전에 제작된 그림은 화폭을 가득 메운 세 명의 머리 뒤로 커다란 원형 후광이 선 명하게 빛나고 있었다. 자세한 표정을 확인하기 어려 울 정도로 작품의 종이가 바랬지만 비싼 금니(아교 에 갠 금박 가루)로 새겨진 정교한 무늬와 늘어진 옷 감의 선명한 붉은 색은 여전히 생생하게 표현되어 있 었다.

고려시대 작품에서는 사람들의 노력이 담긴 보존 제 냄새와 함께 오래된 사찰의 대웅전에 들어가면 맡 을 수 있는 물기 머금은 나무 냄새가 풍겼다. 가끔 나 무를 태울 때 나는 냄새가 묻어나기도 했다. 조선시 대 작품은 먹으로 그린 수묵화가 많아서인지 언젠가 할아버지의 집무실에서 맡았던 붓, 먹, 벼루를 한데 모아놓은 냄새가 났다. 몇십 년 동안 옷장 깊숙이 보 관해 뒀다가 꺼낸 양복 정장의 냄새 같기도 하고 비 가 많이 내리는 날 고궁에 가면 맡을 수 있는 기왓장 의 묵직한 냄새를 닮기도 했다.

얇은 유리막 하나를 사이에 두고 천년의 시간을 평행하게 놓았다. 감히 상상도 되지 않는 시간을 지나온 그림이 눈을 맞추고 있다. 여기서 올려다보는 눈은 고려시대 사람들이나 21세기의 나와 다를 바 없었을 것이다. 현재의 안녕을 염원하는 마음으로 바라보는 눈은 같았을 테니. 억겁의 세월을 나란히 보고 있으면 어느새 나의 그림자는 지워지고 지나온 것들만 남아 있었다.

아무도 없는 미술관은 층별로 머무는 시간의 냄새가 더욱 짙어진다. 고요하고 존엄하기도 하며 죽음이 떠오르기도 하고 유유히 흘러가 쌓인 세월이 떠오르기도 했다.

*주) *글에 등장한 불화는 고려시대(14세기)에 제작된 국보 제218호 아미타삼존도(아미타여래 삼존도)입니다.*

●○○○

염원하는 마음이 만들어 낸 신화를 들을 때면
마음이 뭉클해진다.
정화수를 떠놓고 달을 바라보며 기도하는 일도,
무너진 자리에도 다시 정성스럽게 쌓아 올린 돌탑도.

●○○○

우리는 모두 관찰자로 태어났다.

비가 오면 왜 마음이 흩어질까.
평소에 아무것도 아닌 것으로 꽉 붙잡아 두었던
마음들이, 비만 오면 원래 있던 자리로
흩어져 버린다.

*

쓰지 않는 시간엔 듣습니다.

길을 걸을 땐, 외부와의 소리를 차단하려 귀에 항상 무언가를 꽂아둡니다. 줄이 없는 이어폰이 주로 자리를 차지하죠. 귀에 무언가 들어앉은 그 순간부터 주변에 눈길 한 번 주지 않는 사람이 되어 버립니다. 지나쳐가는 수많은 사람과 거리의 이야기들을 애써 외면하고 눈과 귀를 막은 채, 바쁘고 여유가 없다는 이유로 오로지 목적지만을 향해 걸어갑니다.

아직 눈도 뜨지 못한 시간, 창문 밖에서 소리가 들려옵니다. 우리 집 주변을 자주 찾아오는 까치와 이름 모를 새들이 지나가고 있습니다. 잠시 후 옅게 갓난아이의 울음소리가 들리더니 제 자리를 알리는 듯 힘껏 울어대는 소리가 커집니다. 며칠 전 부부와 두 아이가 아래층에 이사 왔다는 소식을 어렴풋이 듣긴 했는데 생각보다 더 갓난아이인 것 같습니다. 울음소리가 다시 잦아들 때쯤 스르르 눈을 뜨고 천장을 바라봅니다. 출근을 준비해야 하는 아침이었다면 이 소리에 관심을 가질 필요성을 전혀 못 느꼈겠지요.

저는 다른 직장인들과 달리 월요일에 휴무를 맞이합니다. 평일에 휴무를 갖다 보니 침대에 누운 채로 다양한 소리를 생생하게 들을 수 있죠. 아침에 들려오는 소리는 아주 선명합니다. 엘리베이터가 없어 2층까지는 괜찮지만 3층은 조금 힘겹게 올라오시는 우유 배달 아저씨 소리를 시작으로 밤새 덮어둔 모포를 걷어 올리는 행상 아저씨의 힘쓰는 소리, 아직은 출근하는 사람들이 많지 않아 빠른 속도로 달려가는 무거운 버스 소리, 자신은 준비가 다 되었다며 빨리 나오라 재촉하는 씽씽이를 탄 작은 아이의 소리 등. 매일 같이 흐르고 있었을 시간이 이제야 들립니다.

한때 쓰지 않는 시간을 만드는 것조차 어려웠던 적이 있습니다. '쓰는' 행위에 대해 집착을 가졌던 시기였는데, 어느 날은 도저히 못 하겠다며 하던 것을 모두 멈추고 침대 위에 풀썩 누워 버렸죠. 그리고 잠이 들지 못할 거라는 예상과는 달리 아주 깊은 잠에 빠졌습니다. 얼마나 지났을까, 집안의 고요한 공기와 함께 조금씩 소리가 들려오기 시작했습니다. 이른바 '아무것도 하지 않는 상태'로 누워서 하나의 소리에 귀 기울였죠. 처음엔 방 안의 미세한 소리만 들려왔다면, 조금 더 집중할수록 거실의 소리와 창문 밖의 소리가 들렸어요. 몸과 마음이 같은 곳을 향해 집중하는 시간이었습니다. 일할 땐 몸과 마음이 따로 노는 경우가 많은데, 이때만큼은 같은 곳을 향했죠. 그렇게 다양한 소리 사이, 오롯이 고요한 내 자신을 만날 수 있는 시간을 찾았습니다.

일하지 않을 땐, 글을 쓰는 것 또한 잠시 멈춥니다. 일주일에 한 번 '쓰지 않는' 하루에는 특히 엄격하게요. 평소 내 속에 있는 것들을 계속해서 글로 적었다면, 쓰지 않는 시간엔 비워진 곳에 다양한 것들로 차곡차곡 채워 넣는 시간이라 표현하는 것이 맞겠습니다. "놀 때는 확실하게 놀라."는 말이 요즘 크게 와닿는데요, 쓰지 않고 있을 때도 마음속에 많은 이야기를 새긴다는 말처럼 느껴집니다. 내면 깊숙한 곳에 저장해둔 이야기들은 연필(혹은 노트북)만 든다면 언제든 꺼내어 차분히 적어 내려갈 수 있으니까요.

앞서 얘기한 주변 소리에 집중하는 것은 나 자신을 마주하기 위한 준비 단계일지도 모릅니다. 그렇게 오롯이 자신을 만나는 순간, 비로소 내면의 이야기가 떠오를 거예요. 그렇게 속에 있는 것을 꺼내 글로 옮겨보고, 비워내고 나면 다시 새로운 것들을 채울 수 있게 됩니다. 주변의 소리와 함께 나의 소리에도

귀 기울여보세요. 아주 자그마한 것이라도 괜찮고,
어떠한 이야기가 떠오르든 괜찮아요. 당신이 놓치고
있던 주변의 소리는 무엇인지, 새롭게 찾게 된 당신
의 소리는 무엇인지 같이 적어 내려가 보아요.

●●○○

글을 쓰고 있는 사람은 쓰지 않는 삶을 상상하기 쉽다.

●●○○

문득 떠오른 것을 글에 실어내지 않으면
마음이 갑갑해졌다.

*

"그냥요."라고 이야기를 하면 사람이 무성의한 것처럼 보이니 절대 그 단어를 사용하지 말라는 담임선생님의 가르침을 받은 적이 있습니다. 실제로 그 이야기를 듣고서 꽤 긴 시간 동안 '그냥'이라는 단어를 입에 올리지도 않았죠. 하지만 요즘에 그런 생각이 들었습니다. '그냥'이라는 단어에 꼭 좋은 이미지나 의미를 넣어야 할까?

물론 담임선생님이 그런 이야기를 하신 데에는 앞뒤 상황이 있었을 겁니다. 가령 숙제를 검사받는 상황에서 왜 이런 내용을 썼는지 질문했는데, 그에 관한 답변이 "그냥이요."라고 한다면 선생님의 혈압이 아주 빠른 속도로 발바닥부터 두뇌까지 도달했을 수도 있습니다. 그런 상황에선 "어딜 갔다 왔는데 이러이러해서 적게 되었다."라고 답변을 하는 것이 서로의 학습 진도에 좋은 영향을 줄 겁니다. 제가 앞서 이야기한 '그냥'이라는 단어에 대한 의문은 이런 상황을 제외하고, 사회생활을 시작하여 계속 살아가고 있는 우리들의 시간에 대입을 시켜보고자 꺼낸 이야기입니다.

친구와 여행을 가기로 약속한 날이 다가왔습니다. 사실 몇 달 전부터 일정이 꽉 차 있었습니다. 하지만 일하는 것만큼 노는 것도 잘해야 한다는 생각으로 일정을 쪼개기 시작했죠.

그리고 여행 당일, 촉박한 열차 시간을 맞추고자 지하철역으로 뛰어갔습니다. 간발의 차로 캐리어와 함께 지하철에 몸을 실었는데 그날따라 냉방이 굉장히 세게 느껴졌어요. 조금 으슬으슬하다 싶던 순간, 갑자기 속이 안 좋아지기 시작했습니다. 점점 악화되기 시작했죠. 평소 지병이 있던 것도 아니어서 더 당황스러웠습니다. 정신은 혼미해지고 마스크를 쓴 얼굴은 답답해지기 시작했습니다. 손을 이마에 짚은 순간, 누군가 제 어깨를 주무르는 것이 느껴졌습니다. 말소리가 분명하게 들리지는 않았지만, 웅성웅성하는 소리가 피부에 와 닿기 시작했어요. 아주 엷게 '괜찮으세요? 정신 차려보세요.'라는 이야기가 들려왔습니다. 그제야 이마를 짚고 있는 손가락 사이로 캐리어 바퀴가 보였습니다.

지하철에서 정신을 잃고 뒤로 쓰러졌던 거예요. 바닥에 곤두박질치며 체중이 실렸던 부위의 고통이 있을 법도 한데 아무것도 느껴지지 않았습니다. 계속해서 질문을 던지는 사람들의 소리를 뒤로하고 한 남성분의 도움을 받아 역에 내려 의자에 앉았습니다.

손이 펴지지 않았습니다. 계속 온몸에 전기가 흐르듯 저렸고 주먹이 꼭 쥐어져 있는 손은 마디마디가 경직되어 펼 수 없었습니다. 눈물이 나더라고요. 내 몸 하나 마음대로 못 하는 상황과 이제 어찌해야 할지 모르는 것에서 오는 두려움이었죠.

다행히 역무원이 오고 얼마 동안 앉아 있으니 미세한 떨림은 있지만, 손과 발의 감각이 돌아오며 정신이 들었습니다. 아주 짧은 시간 동안 오프(off)에서 온(on)으로 버튼이 눌렸던 그 상황에서 제일 먼저 들었던 생각이 뭔지 아세요? '나 지금 뭐 하고 있냐.'였어요.

주변 사람들이 '제발 좀 쉬어. 일을 너무 많이 하는 것 같아.'라고 말할 때 코웃음을 쳤습니다. 프리랜서였기에 그런 말을 들으면 '아니, 그럼 살아가질 못하는데 쉬는 게 무슨 의미가 있어? 나중에 좀 벌어놓고 쉬어야지.'하고 더욱 일에 매진했죠. 계속해서 무언가를 진행해야 불안해하지 않는 학습된 성향도 있겠지만, 어느 순간부터 그게 당연하다고 여겨졌거든요. 이후 자잘한 업무가 많아져 일주일 중 칠일을 일에 매진하게 되었습니다. 계속 일해도 부족하다 느껴졌고 결국에 모든 요일을 일로 메워버렸죠. 그때부터 몸이 먼저 반응하기 시작했습니다.

쓰러지고 나서 여행을 못 갔냐고요? 아니요. 그
날 지하철역에서 정신을 차린 후 출발 시각을 오 분
남겨둔 강릉행 기차에 몸을 실었습니다. 그리고 설악
산 밑에 위치한 작은 산마을 어귀의 숙소에 도착했
죠. 마당에 어미 고양이와 다섯 마리의 새끼 고양이
들이 투숙객을 익숙한 듯 쳐다보며 반겨주는 곳이었
어요. 주인을 닮은 집은 구석구석까지 세심했습니다.
미색의 전열 등으로만 이루어진 목조 주택은 나무 향
과 기분 좋은 빛으로 마음을 편하게 했죠. 샤워를 마
치고 아무도 없는 베란다의 낚시 의자에 앉았습니다.
고개를 드니 저 멀리 산 중간에 회색 구름이 머무르
며 등성이의 모습을 가끔 비춰주고 있었어요. '그냥'
그걸 바라보았습니다. 아무 생각도 하지 않고요. 짧
은 단어에 얼마나 많은 의미와 시간이 아무렇지 않게
넘겨질 수 있는지 신기해하면서요. 질문을 던진 상대
방이 그다음 질문을 찾지 못하게, 그리고 그냥 내버
려두게 만드는 단어. '그냥.'

마음 편히 하루를 보낸 날이 언제였는지, 작은 울
음이라도 삼키지 않고 흘려본 게 언제였는지, 남들
에게 내 모습이 어떻게 비칠지 의식하지 않고 카페
에서 책을 읽은 게 언제였는지, 누군가를 만나도 비
칠 모습을 걱정하지 않고 편하게 만났던 게 언제였는

지, 돌아올 다음 주의 일을 예상하거나 걱정하지 않고 하루를 뿌듯하게 마감했던 날이 언제였는지 기억나지 않았습니다. 마치 구전되던 옛날이야기를 떠올리는 것처럼요.

가끔은, 아니 우리는 자주 '그냥' 쉬는 날이 필요해요. '그냥' 아무것도 하지 않고 쉬는 날 말이죠. 제가 이번 여행에서 느꼈던 것처럼, 글을 읽고 있는 여러분들이 이 단어를 무성의함보다, 무적의 단어로 떠올리셨으면 좋겠어요. 결정하기까지 많은 용기가 필요한 일이 있을 때, '그냥.'이라는 단어를 한 번 사용해 보세요. '더도 말고 덜도 말고 딱 이만큼만 내가 하고 싶은 대로 할게. 이것에 집중할 테니 나를 잠시 내버려두게.'라는 의미로 본인이, 혹은 상대방이 받아들이는 데 도움이 되도록요.

여러분 '그냥' 오늘 하루는 쉬어볼까요? '그냥' 해보고 싶었던 거 시도해 볼까요? '그냥' 우리 같이 이야기나 할까요?

●●○○

역시 여행은 어떤 이유에서든 그냥 떠나는 게 맞다.
여행을 가지 못할 이유는 많아도
언제나 떠나는 선택을 하는 것이 옳다.
어떤 이유로도 다시 돌아오지 않을 지금이기에.

●●○○

여행을 오면 신기하게 휴대폰을 안 보게 된다.
매시간, 매 순간 쳐다보던 유튜브와 인스타그램이
들어있는 휴대폰은 숙소에 던져두고 새로움 속에
온전히 자신을 느끼기에 바빴다.
좋아하는 곳에 머물기만 했는데 과도하게 먹는
습관이 사라지고 발걸음을 옮길 때도 많은 힘이 들지
않았다. 상점에 들어가도 사고 싶은 물건보다
잘 쓰고 싶은 물건이 늘었다.

*

앞치마를 입은 다섯 명의 아이가 한 군데에 모여 있다. 불규칙적으로 들리는 '서걱서걱' 소리를 제외하고 어떤 대화도 나누지 않았는데 되려 긴장감이 고조되어 비장함이 느껴지기도 했다. 허리까지 올라오는 큰 통 앞에서 누구는 '삭삭 삭삭'하는 소리를 내고 누구는 '숭덩숭덩' 소리를 내다가, 갑자기 한쪽에서 '틱-'하는 소리가 들리면 일제히 "아…."라며 애처로운 탄식을 뱉었다. "야… 다시 깎아."

커터 칼로 쓱쓱 나무껍질을 벗겨 내다보면 둥그런 연필심이 모습을 드러난다. 심을 깎을 때 조금이라도 힘을 세게 주면 '틱'하고 부러졌다. 심을 너무 길게 놔두면 힘 조절이 쉽지 않았고 짧게 두면 연필을 깎기 위해 자주 통으로 향해야 했다. (가끔 귀찮으면 스케치북을 받치고 있는 이젤 받침대에다 깎기도 했다.) 잘려 나간 껍질의 끝부분에는 연필을 둘러싸고 있던 검은색 부분이 반달로 얇게 자라난 손톱처럼 끄트머리에 남아 있었다. 끝에만 봉숭아 물을 들여놓은 것처럼 보여 퍽 귀엽다고 생각했다.

연필 한 타를 사도 깎아내는 과정은 12자루가 모

두 달랐다. 뻑뻑하여 칼이 잘 안 드는 경우도 있고 (그로 인해 힘을 주어 밀어내면 연필심까지 숭덩 하고 부러질 때도 있었다.) 숟가락으로 푸딩을 뜨는 것처럼 부드럽게 칼이 들어가는 느낌에 취해 깎다 보면 심이 너무 뾰족해져 종이에 연필을 대는 순간 바스러질 것 같이 생겼을 때도 있었다. 입시를 준비하던 4년의 세월 동안 5천 자루가 넘는 연필을 깎아 썼지만, 한 번도 같은 길이, 모양, 느낌으로 자른 적이 없다.

연필을 깎을 땐 손을 쭉 뻗어 최대한 통 안으로 밀어 넣었다. 칼이 지나갈 때마다 껍질은 통 안으로 떨어졌지만, 연필심에서 발생하는 흑연 가루는 눈꽃처럼 부서져 연필과 칼을 쥐고 있는 손가락 위에 살포시 앉았다. 연필의 길이가 짧아질수록 크고 작은 광물 알갱이가 손등까지 날아와 쌓였다. 가루에서는 철 냄새가 났다. 마치 초등학교 운동장의 오래된 철봉을 다섯 손가락으로 힘껏 쥐고 난 후에 나는 냄새와 닮았다. 학생들의 새카만 손에서, 머리카락에서, 주근깨처럼 광대에 내려앉아 은은하게 지속됐다. 손날 사이의 주름마다 시커멓게 끼어 있는 흑연은 잘 지워지지 않아 집에 돌아가서도 냄새가 남았다.

오랜만에 필통에서 꺼낸 새 연필을 깎다가 지난

시간이 떠올랐다. 재룟값을 아끼고 싶지만, 연필처럼 소모적인 물건은 하루에도 10자루가 넘게 사용되다 보니 학생들은 연필 끝부분에 기다란 깍지를 끼워 몽당연필도 최대한으로 사용했다. 한데 화방에서 파는 깍지는 지름이 정해져 있어 연필의 뒷부분을 조금 잘라줘야 틈에 맞게 들어가다 보니 여간 귀찮았다. 후에 학원 선생님은 자체적으로 개발한 '어느 연필 두께에도 꽂을 수 있는 깍지'를 만들어 학생들에게 나눠 주었다. 몽당연필을 모아두고 쓰는 학생들을 보며 섬세히 살핀 마음이었다.

실기 시험에 가서 떨리는 마음에 가방을 열다가 필통을 떨어뜨려 안에 들어있던 연필심이 모두 부러진 것을 보고는 자신이 깎아온 연필을 내밀던 옆자리 학생도 생각나고, 점심시간에 걸려 온 전화의 소식을 가족들에게 전하며 목이 멨던 순간도 기억난다. "합격했어… 아빠, 고생했어."라는 한 마디를 전하면서 아빠도 나도 전화기 너머를 향해 엉엉 울던 모습도.

지난 시간은 내가 앞으로 나아감에 있어 새로이 받아들일 감정뿐만 아니라, 현재의 감정 또한 온전히 느낄 수 있도록 응원해 주는 역할을 했다. 이젠 피식하고 작게 웃음 지을 수 있는 그 시간이 흑연 냄새와 함께 마음속에 자리하고 있어 행복하다.

칼로 연필을 깎는 모양새는 흡사 가구를 만들기 위해 나무를 대패질하는 것과 닮았다. 지금 깎고 있는 건 손안에 들어올 정도로 아주 작은 나무지만 심을 들어낸 연필은 제 몸을 다하여 지금의 '나'라는 사람을 만들어 준 아주 큰 가구의 시초였다. 톰보우 연필, 톰보 연필, 모노 연필까지 많은 이름으로 불렸던 이 물건은 가루의 흔적과 냄새만으로도 추억을 부른다.

●●○○

걸었다.
동교동 삼거리에서 이대역까지.
새로 만들어지는 질문들 앞에서 눈을 감고 걸었다.

●●○○

나는 계속 스스로에게 질문한다.
답을 얻기 위해 질문하는 게 아니라
생각하는 과정에서 또 다른 나를 관찰하기
위해서다.

*

"담배 피워 본 적 있어?"

수련회에서 늦은 밤까지 잠들지 않고 모닥불 앞을 서성이는 중학생처럼 서로를 마주 보고 앉아 있는 네 사람이 비밀 이야기를 털어 놓듯 속닥거렸다.

"난 안 펴."

나는 담배를 피우지 않았다. 길을 걷다가 '이게 무슨 냄새야?'하고 화들짝 놀라면 담배 냄새인 경우가 대부분이었다. 음료수를 넘길 때처럼 혈관에 바로 흡수되듯 연기를 들이마시는 게 싫다. 몸의 안 좋은 변화가 단번에 느껴진달까. 실제로 날아오는 연기를 맡는 것만으로 목에 가래가 낀다. 콧구멍 속에 고춧가루를 반 정도 채워서 한 번에 들이마시는 느낌이 나기도 하고 창고에 보관하다가 까맣게 변한 오래된 콩을 볶았을 때 나는 매캐한 냄새 같기도 했다. 한 손에 착 들어오는 크기의 작은 담뱃갑이나 그 안에 더 가지런하게 들어있는 담배, 철컥 소리를 내며 불을 뿜어내는 지포 라이터는 미학적으로 예쁘기까지 하지만 그 안에 들어있는 20개의 담배 중 한 개를 빼내고 싶단 생각은 들지 않았다. 담배를 피워보고 싶은 적이 한 번도 없었냐는 질문에 "문방구에서 파는 아폴

71

로 한 봉지면 됩니다."를 외쳤다.

"엄마는 담배 피워 본 적 없어?" 질문을 건네면 엄마는 안 그래도 동그란 눈이 금방이라도 튀어나올 듯 더욱 크게 떴다. "옛날에 엄마가 화장실 갔다 오면 몇 번이나 담배 비슷한 향을 맡았던 것 같아서 그래. 진짜 말해봐. 진실이 뭐야?"라고 했더니 엄마는 어이없다는 듯이 깔깔대며 웃었다. "그거 방향제 냄새야. 어이구." 머쓱해져서 어깨를 들썩였더니 피식 입꼬리를 올린다. "젊었을 때 잠깐 펴 봤지. 회사 다닐 때였나." 30년 전의 이야기란 얘기다. "몇 번 피다가 이후엔 별로 하고 싶지 않아서 안 폈어. 그게 끝."

"아빠는 언제부터 폈어?" 아빠는 담배를 너무도 자연스럽게 피웠다. "스무 살 때부터 폈지. 대학에 들어가자마자 펴서 지금까지. 꽤 됐네?" 담배를 피워 온 세월이 빨리 흐른 것에 대해 놀라는 눈치다. "그정도 폈으면 됐지, 더 피게?" 말하는 엄마의 눈을 피해 아빠는 하늘을 바라보며 말했다. "진짜… 끊는 게 어려워. 운전 관련된 일을 하니까 시간이 남아서 심심할 때 할 일이 없어. 그러면 그때 피게 되고. 이게 습관이 돼버려서 사탕을 물고 있거나 껌을 씹거나 하는 것도 대체가 안 되더라고." 그래도 조금 덜 독한 걸 폈으면 좋겠는데. 전에 도전했던 전자 담배는 무연의 이유로 중단되고 어느새 일반 담배로 다시 바뀌었다. 아빠는 아직도 보헴 시가 미니를 피운다. "담배는 기호식품이니까 너희도 하고 싶으면 해~ 그런 건 절대 안 된다, 하지 말아라, 이런 건 없다." 너무나 자연스럽다. 그래도 아빠가 담배를 끊을 때까지 얘기할 거예요. 건강이 우선이야. 아빠 파이팅.

"너는 지금 끊었니?"라는 질문에 "아니, 남자 친구랑 헤어지고 나서 다시 펴."라는 답변에 모두 고개를 끄덕였다. 사실 동생은 자신이 담배를 피운다는 사실을 가족들에게 알리고 싶어 하지 않았다. 그렇다고 딱히 숨길 생각도 없었지만 자연스럽게 알게 되지 않는 이상 얘기하려는 계획은 없었다. 타지에서 직장 생활을 하는 동생은 주변 직원들이 모두 담배를 피우는 통에 배우게 됐다고 했다. 회사 기숙사에 놀러 갔을 때 주차장에 있는 흡연 구역으로 걸어가서 담배를 꺼내 무는 모습을 보고 짐짓 태연한 표정을 지었다. "그때 처음 봐서 진짜 놀랐는데 앞에서는 안 놀란 척하느라 애먹었잖아." 오묘한 엄마와 아빠의 눈 맞춤이 보인다. 둘 다 알고 있었던 눈치다. "우리도 얘가 말을 안 하니까 몰랐지. 근데 얘 잠바를 한 번 입고 나간 적이 있는데 주머니에 담배랑 라이터가 들어 있어서 알았어. 그걸 네 아빠한테 보여줬더니 그대로 다시 넣어두고 일단 아는 척하지 말라고 하더라. 그래서 말 안 했지!" 서로 키득거리며 웃는 걸 보니 얘기하고 싶은 걸 꽤 오래 참은 모양이다. "많이는 안 피는 데 습관적으로 떠올라. 생각날 때, 답답한 일이 있을 때, 그때만."

동생이나 친구가 담배를 피우러 갈 때면 항상 뒤를 쫓아갔다. 불어오는 바람의 반대 방향에 서서 그들의 모습을 보는 게 꽤 재밌었다. 검지와 엄지손가락만을 이용해 과자를 집듯 담배를 들고 있는 경우도 있고 검지와 가운뎃손가락을 꼬아 그 사이에 끼워 넣은 모습도 가지각색이다. 흡입한 연기를 천천히 그리고 길게 뱉어내는 사람도 있고 후 욱하며 빠르고 짧게 연기를 뿜어내기도 했다. 그리고 사람들이 담배를 피우는 시간은 생각보다 짧다.

담배 피우는 사람을 보고 있자면 뒷모습이 궁금해진다. 간혹 연기가 날아가지 않고 어깨에 내려앉아 있는 사람을 보면 조금 쓸쓸하게 느껴졌다. 아무 맛도 나지 않고 먹고 싶지도 않던 텁텁한 식후 사탕을 습관적으로 입안에 털어 넣고 작은 알갱이가 사라질 때까지 어쩔 수 없이 오물거리고 있는 모습 같다.

습관은 '원래'라는 명목으로 똑같은 행동을 반복하도록 다시 끌어당긴다. 그러나 작지만 미묘하게 다른 선택을 행동에 투여한다면 전과 '똑같이' 행동하는 것처럼 보여도 그전으로 돌아간 게 아니다. 습관에도 새로운 틈이 생긴다.

간혹 늦은 밤에 집에 돌아올 때면 길거리에서 담배를 피우는 사람들을 마주한다. 아직도 일이 남아 있는지 불을 붙이고 연기를 빨아들인 후에 20초도 되지 않아서 들고 있던 종이컵을 재떨이 삼아 급하게 비벼 끄고는 후다닥 건물로 들어간다. 때론 연기에 많은 것을 날려 보냈으면, 떠오르는 생각에 너무 많은 불안과 걱정을 더 하지 않았으면, 당신을 응원하는 사람이 옆에 있다는 사실을 잊지 않았으면, 담배를 피우다가 올려다본 하늘에 별이 많았으면, 연기가 하늘을 너무 많이 가리지 않았으면, 오늘 할 일을 다 하지 못했더라도 자신을 너무 몰아세우지 않았으면 하는 갖가지 마음이 든다. 한숨을 보기 위해 습관처럼 피는 게 아니라, 공기 중에 날려 보내는 해소의 마음이었으면 좋겠다는 생각이다. 넘실거리며 올라가는 연기가 눈에 보이지 않을 때까지 잠시나마 숨고르기를 할 수 있는 시간이었기를 바라며 그들을 바라본다.

●●○○

목덜미가 뻐근했다.
의자 등받이에 머리를 갖다 댔을 때 알았다.
매 순간 팽팽하게 힘을 주고 긴장한 채 살고 있었다는 걸.

●●○○

몽롱하다.
평소보다 훨씬 추운 것 같은 이 시간은
유난히 쓸쓸한 감정을 들게 한다.
재킷과 바지 틈 사이로 차가운 바람이 파고든다.
가만히 앉아 있기가 힘들어 자리에서 일어나
무작정 앞으로 걸었다.

*

닫혀있는 창문으로 악을 쓰는 소리가 부딪혀 튕겼
다. 화를 실어 내지르는 높고 날카로운 소리. 십오 분
이 지나도 소리가 잠잠해지지 않아 창문을 열었더니
순간, 날이 선 뾰족뾰족한 말이 귀에 꽂혔다. 불 꺼
진 음식점의 공터 주차장에서 소리를 지르고 있는 통
에 건물을 세 개 정도 끼고 있는 거리였지만 바로 앞
에 있는 것처럼 생생한 실루엣을 마주할 수 있었다.
남성 둘, 여성 한 명, 강아지 한 마리. 금방 잠잠해질
줄 알았건만 그만하라며 말리는 여성의 말이 점차 울
음소리로 바뀌기 시작했다. 처음엔 서로의 어깨를 부
딪치다가 이젠 오로지 비방을 목적으로 한 말을 계속
되풀이하며 상대의 옆구리를 치고 넘어뜨리는 남성
둘의 그림자가 보였을 때 휴대폰을 들었다.

"내가 너무 억울해서… 억울해서 미치겠다고…
흐엉엉." 빨간색과 파란색의 사이렌을 울리며 현장
에 진입하고 있는 차를 보고 창문을 닫으려는 순간
들려온 한마디였다. "억울해서….", "정말 억울해
서…." 그동안 상대에게 전달되지 못한 안부 인사가
쌓여 더는 몸에 담을 수 없이 꽉 찼을 때, 목구멍에서
조차 꾹꾹 눌러 참았던 솔직한 마음이 한 문장으로

분출된 게 겨우 그뿐인 것 같아 마음이 아렸다. "너한 테 못 해준 게 뭐가 있는데!"라고 말하는 상대는 싸움이 일어난 상황 자체에 화가 나서 말에 담긴 마음을 들여다볼 여유가 없는 듯 보였다. 그 모습에 소리를 지르던 남성은 말할 때마다 자신의 가슴을 주먹으로 퉁퉁, 퉁 하고 쳤다. 얼마나 세게 쳤는지 몸속의 공간이 울림통이 되어 텅, 텅텅하는 소리로 퍼졌다. 경찰이 두 사람을 다른 장소로 떨어뜨려 놓았더니 남성은 그제야 모래에 털썩 주저앉아 울음을 터뜨렸다. 아주, 아주 크게 울부짖었다.

두 개의 창문을 모두 닫고 전기 매트의 온도를 높인 후 이불 속으로 들어가 몸을 동그랗게 말았다. 성인들의 싸움은 풀지 못한 매듭이 더 이상 매듭이라고 볼 수 없을 만큼 흐릿하게 삭아있을 때야 폭발한다. 냉정하게 매듭을 버리거나, 시작점이 어디였는지 모르겠다며 회피하는 때도 많지만, 일부는 매듭을 손에 꼭 쥐고 상대에게 다가가 이것이 안 보이냐며 따져묻는 경우에 싸움으로 분출되기도 했다. 평소와 같이 만나 맛있는 음식을 나눠 먹고 술 한 잔을 기울이다가 투명한 잔에 찰랑이는 액체 사이에 생긴 틈을 타 묻어둔 마음이 걷잡을 수 없이 쏟아져 나온다면 우리가 건넨 인사는 상대에게 어디까지 전달될 수 있는 걸까. 우리는 상대에게 마음을 이야기하기 위해 얼마나 많고 큰 용기를 내야 하는 걸까. 그리고 건넌 의자에 앉아 있는 사람은 어떤 자세로 듣고 있어야 할까. 그건 싸움인가 통로인가, 아니면 둘 다일까.

싸움을 목격하는 일은 손에 꼽을 정도로 희귀하다. 이번까지 포함하면 살면서 다섯 번 정도 마주했다. 그 현장에 있으면 넓게 퍼져있던 마음이 삐죽하게 세로로 선다. 구멍에 머리만 넣으면 안 보이는 줄 아는 고양이처럼 울고 싶은 마음은 최대한 면적을 좁혀 맨 뒤로 숨겨두고 손과 이빨을 딱딱 부딪치며 경계와 두려움으로 무장한다.

자정이 다 되어가는 시간, 지나다니는 사람은 많지 않던 늦봄의 어느 시장 한복판이었다. 최선이라 생각한 일이 성사되지 않고 틀어지자 투명한 물에 모든 것을 넣어 삼킨 아빠는 거리를 배회하며 소리를 지르고 숨을 다 토해낼 때까지 웃다가 가로등에 주저앉아 울었다. 현장에 도착했을 때 괜찮다고, 그만하고 집에 가자는 이야기를 가만히 듣고 있다가 갑자기 고개를 들어 팔을 세게 잡아끌었다. 손자국이 남을 정도로 아주 세게. 직면한 현실에서 어떻게든 버티고 싶다는 의지와 어떤 것도 놓지 않겠다는 간절함, 그리고 목뒤부터 발뒤꿈치까지 불이 붙은 자기 모습을 극도로 두려워하는 마음이 담긴 강렬한 힘이었다. 순간 그 힘으로부터 '다행'과 '안도'를 느꼈다면 해괴한 일일까. 하지만 정말로 다행이라고 생각했다. 감춰둔 마음은 틈이 보이지 않으면 추측만 할 뿐 절대 알 수 없기에 이렇게라도 전체 중 1만큼의 불안이라도 눈치챌 수 있게 해줘서, 쌓아두고 계속 묻어두지 않아 줘서 오히려 고맙다는 마음이 들었다. 후에 당시가 전혀 기억나지 않는다는 아빠와 대화를 나누며 절박한 마음이 자신도 모르게 표출된 걸까 하고 생각했다.

파랗게 밝아오는 하늘 밑 텅 빈 도로에서 엑셀을 밟고 돌아오던 순간을 기억한다. 삼십 년을 살면서 처음 마주했던 그의 불안이 뒷좌석에서 잠들었을 때를 떠올렸다. 온 힘을 다해 버티고 있었구나, 아빠는.

자주 묻고 바라보자고 다짐했다. 상대에게 안부를 물을 땐 최대한 가볍게 "요즘 어때?", "괜찮아?" 같은 짧지만, 묵직한 마음을 담아 건네고 눈빛과 고갯짓, 몸짓을 마주하며 작은 단서를 모은 후에 분석한 것을 바탕으로 다시 질문을 건네는 그런 안부 인사. 이전과 변한 게 많이 없는 듯 보여도 느끼는 마음은 달라져 있다. 답변하는 동안 조금씩 해갈되어 새어 나오는 마음을 바탕으로 다시 질문을 만든다. 간혹 상대가 자신도 모르게 쌓아둔 마음이 한 번에 분출되고 폭발하는 날이면 온 힘을 다해 꼭 안아주자.

상대의 마음을 보기 위해서는 먼저 자신에게 제일 먼저 안부를 묻고 답해야 했는데 딱히 단어나 문장으로 정리되지 않아도 괜찮다. 지금 생각나는 그것. 그 감정을 기억하고 나중에 이름 붙이면 된다. 마음이 많이 쌓였다며 보내는 신호를 무시하면 어느 날 길을 잃은 것처럼 가만히 서 있게 되는데 혼자서 걸음을 떼기가 무척 두려워지는 순간이 된다. 이럴 때 자기 자신에게 안부를 묻기 위한 싸움을 시작해야 한다. 정말 안 풀릴 땐 친구든 지인이든 한 사람에게만 이야기해 보자. 처음엔 별일이 아닌 것처럼 이야기하다가 나중엔 형태가 있는 줄도 몰랐던 무엇들이 와르르 쏟아진다. 이 방법은 아주 조금이라도 해소가 된다.

일단 지금은 덮어두자 결정한 마음을 너무 오래 그 자리에 두지 말자. 안부 인사에 농담이나 진심을 섞어 말이나 글로 툭툭 던져보자. 상대가 어떤 말을 할지 모르는 일이다. 그때와 지금은 또 틀리다.

'안녕하세요!'처럼 '요즘 기분이 어때요?'를 대신 말해본다. 처음엔 어색하겠지만 여러 번 반복하다 보면 상대도 '똑같죠.'라고 답변을 하다가 자신도 모르게 깊은 곳에 숨겨둔 마음을 툭하고 던질 수도 있다. 또 상대가 매번 같은 대답을 하더라도 누군가 자신의 안부를 묻는다는 사실에 위안을 받을 수도 있다. 그거면 됐다.

●●○○

어릴 때 하루 종일 신나게 놀다가 지칠 즈음,
할아버지는 작은 에스프레소 잔에 우유를 넣어 데
우고 설탕을 한 스푼 넣어 건넸다. 따뜻하고 달콤한
우유를 목으로 넘기면 마음이 따뜻했다.

이십 년이란 시간이 지나, 늦게까지 일을 하고 들어
온 나에게 아빠는 우유를 데워 꿀과 계핏가루를
넣은 잔을 건넸다. "너 계피 좋아하잖아."

우유 한 잔의 힘이 얼마나 컸는지.
시간이 지나도 여전히 얼마나 따뜻한지.

●●○○

처음부터 현명한 선택을 하지 않아도
항상 최선의 선택을 하지 않아도,

모든 것은 더 단단해지기 위한 과정인 걸
알고 있으니까.

●●○○

바다 수영을 가르쳐주겠다는 선생님의 모습에서
물을 무서워하던 나를 안고 인공 파도 풀의
맨 앞으로 데려간 아빠가 떠올랐어.

"힘을 빼고 자연스럽게 몸을 맡기면 된다."라고 얘기
하자마자 자신의 키보다도 큰 파도에 잠겨 물을 먹는
동안에도 나를 놓치지 않았지. 그런 아빠의 모습이
떠올랐어.

*

찰칵-.

"이 증명사진을 찍을 때 할아버지도 같은 소리를 들었을까?"하는 생각이 불현듯 떠올랐다. 요양원에서 맡고 있던 마지막 물건인 할아버지의 주민등록증을 찾아 나오던 길이었다. 햇볕은 따뜻하지만, 소매 속으로 파고드는 겨울바람이 매섭게 느껴지는 오후였다.

"무엇에 그리 화가 나신 건데요?" 순식간에 돋아난 닭살처럼 날 선 마음이 말에 담겼다. 이내 '아차' 하며 당황하는 내 눈을 빤히 쳐다보던 할아버지는 이내 입을 다무셨다. 나는 분명 엄마의 부탁에 따라 외할아버지를 뵈러 요양원에 왔을 뿐이다. 옆자리의 다른 할아버지가 가져온 빵을 나눠 먹었다는 이야기를 듣고 근처 빵집을 찾아 부드럽게 넘길 수 있는 카스텔라 빵과 음료를 사서 뵈러 간 날이었다. 잔뜩 심통이 난 표정으로 보호사 선생님이 밀어주는 휠체어에 앉아 있던 할아버지는 전보다 훨씬 말라 보였다. "손녀분이 자주 오시네. 좋은 시간 보내고 오세요, 할아버님."이라고 말을 건넨 선생님이 사무실로 들어가

자마자 어깨에 멘 검은색 가방을 앞으로 돌려 그 안에서 또 다른 가방을 하나 꺼낸다. "그게 뭔데요, 할아버지?"라는 물음에 어떠한 답도 주지 않은 채 안에 든 물건을 하나하나 체크하더니 이내 식탁에 하나씩 던지기 시작했다.

첫 번째로 던진 것은 말끔하게 양복을 차려입고 자신감 있는 표정으로 화면을 응시하며 찍은 증명사진 5장과 사진관 이름이 박힌 금색의 종이봉투였다. 사진 속 얼굴은 제법 살집이 있는 것을 보니 3~4년 전에 찍은 사진 같았다. 30년 동안 내가 봐 온 강인하고 단단해 보이는 모습이었다. "이건 언제 찍고 오셨대? 사진 엄청나게 잘 나왔는데?"라며 유심히 들여다보고 있는 나는 쳐다보지도 않은 채 할아버지는 큰 소리로 입을 뗐다.

"그거 내 영정 사진으로 써라." 화들짝 놀라며 무슨 그런 소리를 하냐는 말에 어떠한 표정 변화도 없이 다음 물건을 그 옆으로 던진다.

꼼꼼하게 보관해 둔 비닐 덮개 안에 들어있는 2개의 통장과 체크카드 2개, 인감도장 1개. 통장 덮개에는 아주 지금은 누구도 알아보지 못할 이상한 캐릭터가 그려져 있다. 통장을 펼쳐 제일 처음 찍혀있는 연도를 확인하니 2009년이다. 그때부터 매달 통장 정리를 했는지 제일 마지막 장에 찍힌 날짜는 2023년

10월이었다. "이거는 네 엄마 갖다줘. 알아서 하라그래!"라며 검은색의 헤진 수첩도 같이 던진다.

"그 수첩 안에 통장 비밀번호 다 있다." 이젠 어안이 벙벙하기까지 한 나는 점점 속이 상했다. "왜 그래요, 할아버지…."라는 말이 끝나기도 전에 오백 원과 백 원이 이리저리 섞인 20개의 동전과 만 원짜리 10장, 오천 원과 천 원짜리 지폐를 차례로 뭉쳐 넣어둔 투명한 지퍼백을 연이어 던진다. "이것도 다 갖다줘라."라며 물건을 꺼내던 검은색의 에코백을 쳐다보더니 여기다가 다 담아가라며 물건을 다시 담는다.

"할아버지, 오늘은 저 혼자만 와서 그래요? 저번 주에는 둘째 이모도 왔었고 엄마도 일 때문에 못 온 거지 다음 주에는 오실 건데요. 아빠도 마찬가지고요."

애처롭게 이야기하는 말은 귓등으로도 듣지 않는 할아버지의 태도에 답답한 마음이 날 선 말에 담겼다.

"무엇에 그리도 화가 나신 건데요!"

몇 분간 아무 말도 하지 않고 나를 쳐다보던 할아버지는 온 힘을 쏟으며 말했다. "한 번을 안 와, 한 번을! 더 이상 신경도 안 쓰고. 이제 아무도 찾아오지 말라고 해라. 너도 오지 마!"라고 소리친 할아버지는 안으로 들어가려 휠체어의 고정핀을 해제했다. 면회가 끝났다고 생각한 보호사 선생님이 멀리서 걸어오는 모습을 지켜보는 도중에도 또 한 번 소리치는 할아버지.

"절대 아무도 오지 말라고 해라!"

4남매 중 제일 처음 결혼한 자식의 첫 손주였던 나는 할아버지의 예쁨을 독차지하는 기간이 길었다. 명절을 맞아 큰 사위가 와도 "어, 박 서방 왔는가." 하고 터키석 손잡이가 포인트인 은색의 작은 주전자에 정종을 따라 불에 잠깐 올려두고 이내 조금 식히고선 잔에 가득 따라 건네고 말없이 자신의 잔을 비우는 할아버지였다. 말이 많지 않으셨지만 어쩌다 할머니에게 건네는 말에는 억양이 세고 성량이 컸던 게 언뜻 떠오른다.

약간은 화가 나 있는 것 같은 굳은 표정의 할아버지는 긴 명절에 지루해하는 손주를 위해 어느새 파란색 체육복으로 갈아입고 배드민턴 라켓 2개와 배드민턴공을 손에 쥐고 손주가 있는 방문을 빼꼼 열고는 "배드민턴 치러 가자."라고 하셨다. 음식을 잔뜩 먹어 이미 통통한 배로 인해 움직이기도 귀찮은 상태의 손주는 철없이도 "귀찮은데…."라고 중얼거렸다. 그러면 주위 가족들이 할아버지의 저런 다정한 모습은 처음 본다며 나를 어르고 달래 신발을 신겨 내보내곤

했다. 베란다에서도 보이는 아파트 뒤의 작은 뒷산에는 배드민턴장이 있었는데 명절에는 사람이 많지 않았다. 배드민턴을 시작하고 처음에는 서브를 잘 주던 할아버지가 내가 받아 칠 수 없는 반대쪽으로 공을 계속 보냈다. "할아버지 왜 이쪽으로 던져요~."라고 하면 "많이 먹었으니까 움직이라고~."라며 농담도 하며 피식피식하던 할아버지가 떠오른다. 그리고 30분 정도 운동을 했다 싶으면 옆에 있는 정글짐이 있는 놀이터에 나를 데려다주고 의자에 앉아 노는 모습을 지켜보셨다. 할아버지는 웃을 줄 아는 분이었다. 어릴 때는 어른들과 있을 때는 한 번도 보여주지 않는 웃음을 연신 짓고 계셔서 할아버지는 집 밖에 나와야 기분이 좋아지신다고 생각했다.

할아버지는 감정 표현이 적었다. 표현이 서툴렀다고 하는 게 맞겠다. 좋다, 싫다는 말뿐만 아니라 마음대로 하라는 말도 하지 않고 항상 묵묵부답이었다. 하루는 순식간에 귀가 얼어붙을 정도로 추운 겨울, 지하철역으로 할아버지를 마중 나간 적이 있다. 조금만 서 있었을 뿐인데도 귀가 새빨갛게 얼어붙는 날씨였는데 지하철역을 분주히 오가는 사람들이 잦아질 때쯤 입에서 새하얀 입김을 뿜으며 이마에 땀이 송골송골 맺힌 채 계단을 올라오는 할아버지를 마주했다. 왼쪽 어깨에는 쌀 한 말로 만든 갓 뽑은 가래떡이 한가득 들어있어 멀리서도 참기름 냄새가 폴폴 나는 상자를 이고 계셨다. 할아버지가 만들어 온 떡은 어찌나 쫄깃한지 포장을 뜯자마자 엄마와 내가 한 줄씩 손에 들고 순식간에 먹어버리는 모습을 보고는 중학교에 들어가기 전까지 매년 겨울에 떡을 해오셨다. 하루는 밤을 깎는데 마트에서 산 칼이 잘 안 든다는 엄마의 말을 듣곤 자신이 갖고 있는 칼을 저녁에 갖다주러 집에 들르겠다고 하셨다. 그런 할아버지를 위해 엄마는 얇게 저민 소고기에 밀가루와 달걀물을 순서대로 묻혀 기름에 튀기는 음식을 만들고 있었다. 그렇게 늦은 저녁, 집에 도착한 할아버지는 품에서 포장도 뜯지 않은 밤 깎는 칼을 꺼내 책상 위에 올려두고 "이것 좀 드셔보시라."라고 말하는 엄마의 얼굴을 한 번, 접시 위에 올려진 육전을 한 번, 마지막으로 내 얼굴을 한 번 보고는 "이제 간다."라는 말을 남기고 젓가락 한 번 들지 않고 떠나셨다.

손주가 온다는 주말이 되면 도착 시간이 한참 남았음에도 아파트 정문에 일찍부터 나와서 기다리고 있는 모습, 마트에 들러 먹고 싶은 것을 사게 하고 문방구에서 종이 인형을 사게 해 주던 모습까지. 서로에 대한 표현이 낯설어 피하기만 했던 그런 나날이 불현듯 떠오른다.

복지센터에서 그림도 그리고 연산 숙제도 열심히 해나가며 집에 갈 때마다 "이거 다 직접 색칠 한 거다?"며 즐겁게 얘기하던 할아버지는 한 해, 두 해가 지날수록 지병으로 거동이 불편해져 집 안에서도 넘어져 뼈가 부러지는 일이 잦아졌다. 방에서 화장실까지 노인의 걸음으로 일곱 걸음 정도였지만 그마저도 움직이기 힘들었던 상황과 약간의 치매 증상이 있는 할머니, 외출이 잦은 가족들의 상황을 고려해 큰딸의 집 근처에 있는 요양원에 들어가셨다. 주말마다 3명의 사위와 가족들이 돌아가며 할아버지를 찾아뵀고 필요한 물건이 생기면 가족 모두가 돌아가며 가져다드리거나 택배로 보내주었다. 하지만 시간이 지날수록 할아버지는 집에 돌아가고 싶어 했다. 몸이 아프고 마음대로 움직이지 못하는 것에 많은 스트레스를 받았는데 요양원 내에서 자유롭게 돌아다닐 수 없다는 사실이 매일 갑갑함을 느끼게 했고 그로 인해 생각보다 빠르게 쇠약해졌다. 마음이 아프기 시작하자 몸에도 이상 신호가 왔고 온전하지 못한 정신은 이내 가족들에 대한 원망으로 이어졌다.

"아무도 오지 말라고 해라!"라는 말은 "나를 보러 와라!"라는 말로 들렸다. 큰손주에게 통장부터 주민등록증 사진까지 전달했다는 소식을 들은 가족들은 다음 날부터 돌아가며 할아버지를 만나러 오기 시작했다. 그 일이 있고 일주일이 지난 주말, 일본에 살고 있던 외삼촌이 한국에 들어와 할머니와 함께 요양원으로 향했다. 이동하는 동안 고요한 긴장감이 흘렀다. 얇은 겨울옷을 겹겹이 입은 할아버지가 휠체어에 앉아 면회실로 들어왔다. 할아버지는 외할머니와 삼촌을 보자마자 눈물을 터뜨렸다. 틀니를 뺐음에도 정확한 발음으로 "어째 그리 한 번을 안 와, 내가 이렇게 아픈데⋯."라며 울면서도 또박또박하게 말하셨다. 할머니는 말없이 할아버지를 안아 주었고 외삼촌은 눈물을 훔치며 말했다.

"아버지, 엄마가 치매가 있어서 매일 오지 못했어요. 아버지가 조금만 이해해 줘요⋯."

할머니와는 평소 사이가 좋진 않았지만, 센터에 갔다가 집에 돌아오는 날에는 엘리베이터 앞에 서서 매일 할머니를 기다려주었던 할아버지였다. 할아버지는 이제라도 봐서 좋다는 마음으로 연신 눈물을 닦으며 가족들의 얼굴을 쳐다봤다.

실내화를 벗어 신발장 옆에 놓아두고 조용히 밖으로 나왔다. 언제나 최선을 다했다고 생각하며 행동하지만서도 후회되는 지나온 시간을 우리는 어떻게 받아들여야 할까. 조금 더 자주 와 볼 걸, 전화 받는 게 뭐가 어렵다고 다정한 말 한마디 더 건네지 못했는지와 같은 뒤늦은 회한이 든다. 언제 이렇게 시간이 흘렀는지에 대한 통한과 후회가 감은 눈앞에 아른거린다. 알면서도 모른 척한 나날과 다가올 줄 알았지만 이렇게 금방일 줄 몰랐다는 당황스러운 마음에 동반된 미안함은 평소 어떤 마음 뒤에 가려져 있던 걸까.

모든 가족이 차례로 다녀가고 3주가 지나서 왠지 오늘따라 느낌이 좋지 않다는 보호사 선생님의 긴급한 연락을 받고 서둘러 요양원에 도착했다. 평온한 표정으로 앞장서서 걷는 선생님에게 엄마는 "많이 안 좋으신가요?"라고 물었고 이내 할아버지가 계신 곳이라며 문을 연 선생님은 "돌아가신 지 얼마 되지 않았어요. 3시간까지는 들으실 수 있으니 하고 싶은 이야기가 있으면 하세요."라고 했다. 누구라고 할 것 없이 동시에 눈물이 흘렀다. 예상하지 못한 말이었다. 살짝 입을 벌리고 눈을 감은 채 침대에 누워있는 할아버지를 보며 이불 밑에 놓인 손을 잡았다. 아직, 아직 따뜻했다. 하지만 온기가 몸에 퍼지지 못하고 사그라드는 모습이 너무 안타까워서 눈물이 났다.

"할아버지, 저도 있어요."

요양원에 들어가신 지 6개월밖에 되지 않은 시기였다.

누군가를 떠나보낸 적이 없었던 우리 가족은 입관부터 염, 화장까지 모든 순서가 낯설었지만, 장례는 온전히 가족들끼리 치르고 싶다는 모두의 마음을 모아 빈소 없이 가족장으로 진행하기로 했다. 3일 내내 13명의 가족은 한 집에 머물며 매일 아침, 서로의 상복을 단정하게 매만져주고 어떤 이유에서든 힘이 될 음식을 만들어 나눠 먹었다. 이틀째 되던 날, 한밤중에 '아버지'를 연신 외치며 오열하는 외삼촌 옆에는 막내 이모가 앉아 어깨를 어루만지며 "그만 울어, 내일 진 빠져서 어떻게 하려 그래…."라며 점점 붉게 물드는 눈을 급하게 휴지로 막는 모습에 각자의 자리에서 조용히 눈물을 훔치던 가족들이 있었다. 모두가 검은색 상복 위에 발목까지 내려오는 긴 패딩을 입은 채 바람이 없어 파도도 잔잔했던 한 겨울의 바다를 향해 배를 타고 나아갔다. 지도사의 절차에 따라 유골을 바다에 뿌리기 전 특수하게 제작된 함에 가족들이 돌아가며 유골을 담는 순서가 되었다. 삼촌, 그다음 첫째 큰 딸, 둘째 딸, 셋째 딸, 사위와 손주들까지.

　내 순서가 되어 유골함을 향해 걸어갔다. 아무렇지 않다며 터벅터벅 걸어온 좁은 보폭의 걸음과는 달리 막상 유골에 손을 넣는 게 망설여졌다. 요양원에서 마주 잡았던 손의 따뜻한 온기만 기억하고 싶어 염을 할 때도 손을 잡지 않았었다. 역시나 차갑다. 너무나 차가웠다. 비가 오고 나서 영하의 온도에 차갑게 식은 백사장의 모래 같았다. 한 움큼을 잡아서 함에 넣고 비닐장갑을 쓰레기통에 버리고 자리에 앉았다. 감히 짐작도 하지 못할 할아버지의 시간을 흘려 보낸 느낌이었다.

우리는 바닷물을 향해 내려가는 유골함을 보며 그제야 울음을 토해냈다. 이처럼 소리 낼 수 있다는 걸 알았다면 평소에도 소리 내 표현할걸, 조금 더 표현할 걸 하는 생각이 들었다. 서툴지만 제대로 인사하고 싶다는 간절한 마음을 실어 잔잔한 파도에 할아버지를 실어 보냈다. 마지막 인사까지도 이렇게 어렵다.

도착 시간을 보고 나왔음에도 15분이나 늦게 도착한 마을버스를 탔다. 이제는 딱딱한 플라스틱 카드에 지나지 않은 주민등록증을 어루만지며 창문 바깥에 빠르게 스치는 풍경을 본다. 모든 지나온 기억을 떠올리는 것조차 서툴렀던 시린 겨울이었다.

●●○○

죽음을 두려워하지 말라는 말이 이해되지 않아요.
죽음은 협박이 되기도 하고, 수단이 되기도 하고
자연스러운 일이 되었다가, 또 상실이 되기도 했거든요.

●●○○

죽음은 구름 뒤에 감춰져 있다가도,
환하게 하늘을 밝힌 해가 떠 있는 순간에도,
가로등 불빛에 비친 꽃망울에 마음이 말랑해지는
저녁에도, 때를 상관하지 않고 선명하게 찾아왔다.

*

　자신이 만든 등불 앞에 서 있는 사람의 표정을 마주하면 안쓰럽다 못해 어떤 말도 나오지 않는다. 등불 앞으로 천천히 걸어오면서 수도 없이 되뇌었을 '괜찮아질 거야.'라는 말은 결국 힘이 되어주지 못했고, 팔랑이며 연소하는 시뻘건 불꽃을 주시하며 자신의 눈이 타들어 가는지도 모르고 지칠 대로 지친 마음만 그 앞에 갖다 두었다. 그러면 조금이나마 따뜻할까 싶어서.

　문제가 생겼을 때 외면하지 않고 직면하는 성향의 나는, 문제를 해결하기까지 예상보다 더 많은 시일이 걸릴 것 같다는 생각이 들면 문득 두려움이 앞섰다. 빠르게 해결해서 이 문제가 더 이상 문제로 남아 있지 않도록 눈앞에서, 마음에서 치우고 싶은데 지금 당장은 뾰족하게 해결 방안이 없는 상황들. 가령 비상금 겸, 목돈을 만들기 위해 집을 매매하거나 전세로 내놓는데 입주할 사람을 찾기 위해 계속 기다려야 하는 상황, 각종 서류를 갖춰서 필요한 곳에 보내줘야 하는 상황 등.
　내가 의도해서 일어났든, 가족으로부터 생겨난

일이든 해결해야 한다. 그때까지 '버틴다.'라는 마음
으로는 절대 버틸 수가 없었다. 버틴다는 말에는 온
힘을 끌어내 할 수 있는 데까지 살아간다는 의미도
있지만 무너지고 싶은 마음이 들 때면 제일 먼저 '포
기할까?'라는 생각이 바싹 뒤에 따라붙기 때문이다.
단어 자체에서도 파들거리며 아슬아슬한 감정을 담
고 있으므로 오히려 쉬이 마음을 몰아세우기만 하는
야속한 말처럼 느껴졌다.

　　그래서 나는 이 상황을, 이 문제를, 이 일을 버티
는 마음으로 받아들이지 않기로 했다. 졸린 눈을 비
비며 양치하고 세안하고 잠옷을 입고 내일 할 일을
생각하며 침대에 누워 몇 시간이고 잠을 자는 것처
럼, 아침에 일어나 한가득 쌓여있는 메일함을 열어
보다가 뉴스레터에서 새로운 소식을 발견하고 온종
일 머릿속에 넣어두는 것처럼 일상 속의 일상이라고
생각했다.

　　나에게만 특별하게 일어난 힘든 상황이 아니라,
먹고 자고 씻는 것처럼 너무나 일상적이고 아무렇지
않을 정도로 자연스러운 일상의 한 부분으로 자연스
럽게 녹아든 일상으로 받아들였다. 마음이 한결 가
벼워졌다. 더 이상 특별하지도 않았고 계속 꼬투리
를 잡고 늘어질 대로 늘어져 결국 짜증이라는 감정만

일상의 일상　104

남을 문제도 아니었다. 하루를 살다 보면 예상치 못한 해결이 되기도 하고 예상했던 순서보다 빠르게 일처리가 진행되어 한순간에 사라질, 빠르게 잊어버릴 무거운 마음이 될 수도 있다.

'현실이라는 건, 일상에 녹아든다는 것. 녹아든 일상을 받아들여야 한다는 것.'

이렇게 마음을 먹고 나니 그 일 때문에 신경이 쓰여 입맛이 없고 원래 계획한 일을 미루며 '지금 내가 이런 걸 할 때인가?'는 마음이 사라졌다. 아침에 일어나 양치를 하고 따뜻한 물 한 잔을 마시고 냉장고 서랍에 잘게 썰어진 양배추를 꺼내 프라이팬에 볶고 닭가슴살도 넣어 식사를 만들며 좋아하는 드라마를 켜두고 밥을 먹고 해보고 싶었던 책과 관련된 행사를 위한 안내서를 만들고 지나가다가 마음에 들었던 한 카페에 들어가 마감 기한이 얼마 남지 않은 청탁 원고를 작성하고 변호사와 전화하여 상담하고 새롭게 나온 대출 상품이 있는지 검색을 해보고 행정복지센터에 가서 필요할 것 같은 서류를 모두 떼고 익숙한 길이지만 보행자들이 많이 지나다니므로 양옆을 살피며 주차하고 잰걸음으로 엘리베이터 앞으로 가서 7층을 누르고 선생님께 인사를 하고 요가 매트를 펼치고 비행기 모드로 잠시 핸드폰을 돌려두고 집중해

서 수련하고 집으로 돌아와서 샤워하고 선풍기를 틀
어두고 또다시 재밌는 상상을 하며 원고 기획을 하고
공연을 그려보고.

그저 할 수 있는 일을 진행하며 기다려야 하는 마
음이 작게 생겼을 뿐. 일상에 또 하나의 일상이 되었
다. 특별하지도 색다르지도 골치 아프지도 그것 때문
에 입맛을 잃지도 않을 나에겐 너무나 자연스러운 일
상.

●●○○

평소엔 느껴볼 새 없이 지나쳤던 부정적인 감정들이
있다. 침대 위에 누운 내게 그것이 한 번에 덮쳐올 때면
발가락을 조금씩 꼼지락거리며 몸을 움직인다.

●●○○

아무한테도 보여주고 싶지 않았던 나의 불안은,
피하는 게 아니라 정면으로 마주해야 하는 상대였다.

*

　명절 당일, 오전 7시에 일어나 각자 옷매무새를 점검하는 시간에 그런 이유로도 싸울 수 있나 싶을 정도로 사소한 싸움이 매년 벌어진다. 와중에 가자미눈을 해서 째려보는 엄마를 보면 웃음이 난다. 하지만 친가와 외갓집에 가서는 "아이고, 우리 아들.", "아이고, 우리 큰딸."을 외치는 할머니에게 살짝 붉어진 귓바퀴가 보이지만 못 들은 척을 하는 두 사람의 표정을 보는 게 매번 재밌다. 너무나 익숙한 냄새로 가득 찬 공간에서 익숙한 가족을 만나 음식을 나눠 먹고 요리하는 걸 좋아하는 아빠가 이마에 물방울이 맺혀가며 간식을 만들고 있을 때도 짓궂은 질문에 "그러기엔 내가 네 엄마를 너무 좋아해."라고 말하는 모습을 보면 입꼬리가 슬쩍 올라간다.

　이십 년도 전에 부모님 둘 다 잘 믿지도 않는 점사를 보러 가서 들은 한마디에 지금까지 숱한 싸움의 고비를 넘기고 살아가는 모습을 보면 팔자라는 게 진짜 있나 싶다. "얘랑 너무 많이 싸워요. 앞으로도 같이 살 수 있는 거 맞아요?"라고 엄마가 물었더니 점쟁이가 이렇게 말했단다. "너희 둘은 사주에서 허리가 아주 찰싹하고 맞붙어 있어. 그러니 걱정하지 말아." 라고. 참 신기하게도. '그때 점사가 진짜 맞아?' 라며 웃어넘겼지만 둘 다 싫지는 않은 눈치다. 나이가 오십 후반을 지나가는데도 하루도 빠지지 않고 열심히 싸우는 두 사람을 보면 건강하다고 생각한다.

가족은 다른 사람을 대할 때의 내 모습을 비춰준다. 의견이 맞지 않아 상대와 얼굴 붉힐 일이 생겼을 때, 사과를 해야 할 상황이 생겼을 때, 소중한 관계를 어떻게 이어 나갈지 지속해야 할지 고민될 때, 본래 같았으면 그 상황을 피하거나 혼자만의 공간으로 들어가 나오지 않는 일도 있지만 가족과 감정을 교류하고 해결했던 상황을 다시 상기한다. 태어나면서 제일 처음 관계를 맺은 사람들이기에 첫 번째 선택지를 만들어 준다. 친구든 연인이든 계속해서 관계를 맺어 나가는 방법에 대해서도. 받은 사랑을 나눠주고 또 받는 방법 또한 그들에게 배운 선택지, 또는 그들을 보며 자신이 만들어 낸 선택지를 골라보기도 한다. 항상 최선의 마음과 사랑을 담아서. 그래서인지 모든 인연을 만날 때 그들과 허리가 붙었다고 생각한다. 좋든 좋지 않든 등허리를 맞대고 앉아 나란히 같은 하늘을 바라보고 있다고 생각하면 어쩐지 웃음이 난다.

●●●○

떠오르는 생각을 글로 꺼내지 않으면
마음이 갑갑했다.
쌓일 것 같아도 금세 사라지기 때문에
늘 마음이 분주하다.

*

콧바람을 힘껏 끌어올려 장난스러운 말투로 "코
히 먹고 싶다."라고 말하는 친구에게 "코히가 뭐
야?"라고 물었다. 우연히 본 일본 방송 프로그램에
서 커피를 '코히'라고 발음하는 걸 보고는 따라 해
봤다는 친구는 "발음이 참 귀엽지 않니, 깔깔."하며
웃었다. 그 모습이 퍽 귀엽게 느껴져 메모장을 켰다.
'커피가 코히라고도 불린다.'

어렸을 적 엄마와 프랑스 여행을 갔을 때 인솔하
던 가이드 아저씨가 생각난다. 샹젤리제 거리에 다
다랐을 때 주목을 외쳤다. "여기서 커피를 주문할 땐
'커피'라고 발음하면 안 되고요, 잉, '까아풰'라고
발음해야 알아들어요, 잉." 좌석에 앉은 사람들이 모
두 심각한 표정으로 고개를 끄덕였다. 그 모습이 재
밌었는지 아저씨는 '엣헴'하고 기침을 뱉더니 또 하
나의 팁을 알려주겠다며 이야기를 이어갔다. "여기
는 아메리카노가 없어요, 잉. 만일 같이 여행 온 사람
중에 싫어하는 일행이 있다면 본인이 이렇게 주문하
세요, 잉. '우노 까페'라고 발음하면 됩니다." 다들
'기억해!', '어디에 적어야 하는 거 아니야?'를 연발

하고 있으니, 아저씨가 입꼬리를 양쪽으로 슬쩍 올린다. "아아, 농담이고요, 잉. '우노 까페'는 찌인한 커피 원액이니까, 잉. 못 드시는 분들은 물 한 잔 같이 달라고 하면 돼요. 잔이 아주 작으니까 오해하지 말고요, 잉. 그리고 아이들은 '글라스' 시키고요. 그건 아이스크림이여." 심각한 표정으로 버스에 앉아 이야기를 듣던 관광객들은 언제 그랬냐는 듯 거리에 내리자마자 빠르게 흩어졌다. 어린 마음에 직접 주문해 보고 싶은 마음에 샹젤리제의 한 기념품 가게 앞에 서서 여행 내내 갖고 다닌 수첩에 이렇게 적었다. '커피는 까페, 아이스크림은 글라스, 에스프레소는 쓰겠지만 설탕을 넣어서 원샷해 볼 것.'

단어가 주는 시대적 어감 때문인지 '가배'는 커피와 함께 한옥이 떠오른다. 영화 '암살'에서 안옥윤이 처음으로 커피를 시키고 한입 마시더니 "(책에는 맛있다고 나오던데,) 쓰네요."라고 물으니 지나가던 웨이터가 "설탕을 넣으세요."라고 무심하게 툭 말을 던진다. 뒤에 앉아 있던 하와이 피스톨이 티스푼을 들어 설탕을 잔에 털어 넣고 숟가락을 입에 물고 있는 모습은 관객들을 조용히 웃음 짓게 한다.

가배라는 단어는 커피의 맛보다, 커피잔이 놓인 주변의 풍광을 떠올리게 했다. 중학교 시절, 용돈을 모아 가방에 꼭꼭 넣어두고 교복을 입은 채 덕수궁길에 있었던 <전광수 커피>의 유리문을 열고 들어갔다. 매일 지나가면서 봤던 '최고로 맛있는 드립 커피'라는 문구가 쓰인 입간판에 호기심이 생겨서기도 했지만, 한옥에 쓰이는 나무 창틀을 그대로 살린 공간에 햇살이 쏟아져 내리는 모습을 보며 '나도 저기서 커피를 마셔보고 싶다'라는 생각이 들었다. 쭈뼛쭈뼛 들어가 들릴락 말락 한목소리로 주문하고 햇살이 부서지는 자리에 용기 내 앉아 커피잔을 코에 가까이 대고 지나가는 사람들을 바라봤다.

마침 덕수궁 바로 옆에 있는 카페여서인지 고종의 이야기도 떠오른다. 그에 대해 많은 이야기를 알고 있지만 그 풍광 속에서 떠올랐던 걸 수첩을 꺼내 적었다. '고종은 가배를 너무나 좋아했다더라!'

코히, 카페, 가배, 커피. 김이 폴폴 나는 갈색 물을 부르는 이름이 그렇게도 많다.

●●●○

감자가 주는 포근함이 좋다.
그저 간단하게 익히는 것만으로도 따스함이 전해진
다. 토마토도, 애호박도, 또 빈틈없이 채워 넣은
작은 도시락통을 바라보는 일도 좋다.

●●●○

마음에 따뜻한 온기가 퍼지는 음식이 있다.
나에겐 밤이 그랬고, 고구마가 그랬다.
머리카락과 손끝, 발끝까지 햇살이 스며들어 퍼지
는 느낌이다. 엄마의 미역국도, 겨울날 동치미도
그랬다.

*

정갈하고 가지런한 모습의 어느 것에서 문득 감동을 느낀다.

가령 우연히 들어간 밥집에서 주문한 덮밥 위에 소복하게 쌓여있는 쪽파를 보면 너무 흐물거리지도 않고 바깥에서 오랜 시간 있어 씹기 불편할 정도로 단단하지도 않은 요리하기 적당한 상태의 쪽파를 물에 깨끗하게 씻어 털고 음식의 색을 맞추려 초록색 부분을 위주로 준비하자는 마음을 토대로 도마 위에 채소를 올리고 일정한 크기로 송송 썰어내는 모습이 상상된다. 간격을 맞춰 작고 비슷한 모양으로 고슬고슬한 밥 위에 고명으로 듬뿍 올라가 깜찍함을 뽐내고 있는 음식 재료로부터 작은 감동과 손님을 대접하는 사장님의 귀한 마음을 펼쳐내 한 입씩 베어먹는 것 같은 기분을 느낀다.

즐거움과 아쉬운 마음이 공존하지만, 몸은 더없이 고단한 여행의 마지막 날, 평소 밖에서 잘 사 먹지 않는 메뉴인 곰탕을 동생의 추천으로 먹기 위해 폭염을 뚫고 도착한 작은 식당에서 분주하지만 조용하게 움직이던 사장님이 간소하게 준비한 한 상을 내 몫으로 앞에 놓아주었을 때 느낀 감정도 있었다. 이때는 곰탕 안에 들어있는 얇게 저민 흑돼지가 여러 겹 겹 쳐있는 것에 놀란 게 아니라 뽀얗고 투명한 갈색빛의 국물에 일각의 빙산처럼 빼꼼 튀어나온 고기 위에 모 여있는 대파 고명이 감동적이었다. 얇지도 두껍지도 않게 썬 대파를 맑은 국물에 혹여 떨어지기라도 할까 한 움큼을 쥐어 고기 위에만 가지런히 올려 놓은 모 습이 얼마나 예뻤는지.

대파 이후에는 고슬고슬하게 윤기 나는 밥을 평 평하지도 고봉처럼 높지도 않게 적당하고 투박하게 공기에 담은 같이 나온 밥과 오징어의 흰 부분이 보 이지 않을 정도로 골고루 섬세하게 섞인 빨간 오징 어젓갈, 고추씨 하나도 떨어지지 않은 채를 썬 청양 고추와 편 마늘, 비스듬하게 담은 멸치젓 쌈장까지. 1인용 쟁반 위에 올라온 5개 그릇, 5개의 음식의 모 든 제작과 준비 과정이 그려졌다. 정갈하게 준비되어 가지런히 담긴 음식으로부터 서로를 위한 존중을 느 꼈다. 숟가락을 들고 국물을 한 술 떠먹을 때부터 나 는 온 미각을 깨우려 노력했다. 이 존중을 천천히 음 미하고 기억했다가 누군가를 위해 요리하는 순간 기 억해 내기 위해서.

그 외에는 사람으로 북적이는 남대문 시장 초입

골목에 있는 옛날 통닭집에서 무심하게 튀겨 툭 담아
놓은 것 같지만 손에 기름이 묻지 않도록 배려한 모
습에서, 또 급하게 잡은 에어비앤비의 숙소에서 전
등 스위치마다 위치를 일러주는 안내 이름표와 하물
며 소반 위에 준비된 작은 반짇고리의 세심함에서
도, 요가원 탈의실에서 수련을 위한 마지막 준비를
할 때 혹시 못 가져오신 분들이 계시면 쓰라고 갖다
둔 알록달록한 머리끈으로부터,

나열하기에는 생각보다 많지 않은 듯 보여도
접시 위에 담긴 정갈하고 소박한 모습으로 받은
감동.

*

혼자 있을 땐 귀찮아지는 일들이 많아지는 것 같아요. 제일 첫 번째로는 밥을 지어 먹는 일이 있죠. 재료를 손질하여 따뜻하게 완성된 요리를 먹는 기쁨이 무엇인지 알면서도 막상 혼자 있을 땐 꿈쩍하기도 싫습니다.

어젯밤엔 잠이 안 온다는 핑계로 여섯 시간이 넘게 유튜브만 돌려보고 있었습니다. 책에 종이를 붙이기도 하고 모두 고요히 잠든 인스타를 바라보기도 하고요. 아침에 일어났을 땐 그렇게 허무할 수가 없었어요. 눈이 뻑뻑하고 개운치 못한 몸과 정신은 더불어서요.

그래서 오늘도 침대에 오랜 시간 누워서 영상을 보다가 무작정 일어나서 냉장고를 열었습니다. 며칠 전 싸다고 사두었던 꽈리고추가 있네요.
꽈리고추를 베이킹 소다를 풀어준 물에 흔들어 씻은 후 꼭지를 손으로 돌려 땄습니다. 엄지와 검지로 꼭지를 잡고 오른쪽으로 살짝 돌리면 모자가 벗겨지듯 쉽게 떼어집니다. 배가 고파서인지 욕심을 내어

봉투를 2개나 풀어내어 씻어야 할 양이 제법 많네요. 그래도 초록 초록 뽀득뽀득한 고추를 보니 한결 눈이 덜 피로합니다.

꽈리고추를 큰 냄비에 넣고 며칠 전 유튜브에서 본 요리법을 기억해 냅니다. (제가 오늘 할 요리는 국물이 자작하게 있는 꽈리고추 볶음입니다.) 물 두 컵과 간장 다섯 스푼, 미림 세 스푼과 마늘 한 스푼, 고춧가루 조금, 꿀 한 숟갈, 설탕 두 스푼. 빠진 것이 없는지 확인할 땐 다시 유튜브를 켭니다.

아직 숨이 죽지 않아 뚜껑이 잘 덮이지 않지만 일단 강한 불에 올려둡니다. 집안에 따스한 간장 냄새가 퍼졌습니다. 마음마저 따뜻하고 든든해지는 기분이에요.

조금은 숨이 죽은 꽈리고추를 뒤적이며 보글보글 끓고 있는 양념의 맛을 봅니다. 저번에는 간장을 한 스푼 더 넣었더니 약간 짜다는 가족들의 의견을 반영하여 간장을 줄였더니 조금은 단맛이 많이 올라옵니다. 그래도 어때요. 그럴 수도 있죠. 매번 같은 요리법으로 만들어도 재료의 양에 따라, 미세한 물의 양에 따라 맛이 달라질 수 있는걸요. 그래도 이래저래 맛있는 음식입니다.

그리고 이제 2주가 다 되어가도록 채소 칸 한편을 차지하고 있던 부추를 꺼내봅니다. 겉보기엔 깨끗해 보이지만 막상 물에 닿으면 누렇게 변하거나 힘없는 잎들이 축 늘어져 있습니다. 부추를 손가락 한 마디만큼 잘라 부침 반죽에 넣을 겁니다. 서걱서걱하고 부추에 칼이 들어서는 소리가 햇볕 좋은 날 잘 말려진 낙엽을 밟는 소리와 비슷하게 느껴집니다.

아차차. 부추에 잠시 한눈을 팔았더니 뚜껑 사이로 꽈리고추 양념이 튀고 있네요. 잠시 뚜껑을 열고 뒤적여 준 뒤 불을 조금 낮춰 주었습니다.

다시 부추를 마저 썰고 청양고추도 네 개 정도 함께 썰어줍니다. 매콤한 것을 좋아하는 엄마와 저는 전에도 알싸한 청양고추를 포인트로 집어넣습니다. 청양고추를 자르는 소리가 낙엽으로 뒤덮인 신호등의 흰 표시선을 한 발 한 발 걷는 것처럼 들립니다.

오래된 책에서는 햇빛을 머금은 나무 타는
냄새가 난다. 바로 뒷장을 넘기면 바닷물을
머금고 있던 조개의 냄새가 난다.

*

부쩍 죽음이 떠오른다. 전기담요의 온도 버튼을 끝까지 올려 두고 서서히 따뜻해지는 이불 속에 누워 잠을 청하는 밤에, 그리고 구름이 많이 끼어 해가 나오지 않아도 눈부신 하늘과 데워진 공기를 느끼며 일어나는 아침에도.

오늘이 이렇게 가면 다시는 돌아오지 않고 한 해, 두 해 나이를 먹고 시간이 지나면 나는 흔적도 없이 사라질 텐데. 이 생생한 시간을 어떻게 써야 하는가에 대해 떠올리면 쉬고 있는 순간이 아깝게 느껴질 때가 있다. 이 시간을 무엇으로든, 생산적으로 쓰고 싶다는 마음이 조급함으로 변하면 헛되이 살고 있지 않음을 앎에도 계속해서 마음이 소리를 냈다. 쉬어야 또 달릴 수 있는 것도 알고 이런 오늘이 앞으로의 시간에 도움이 되는 것 또한 알면서도 나는 미래의 한 순간이 보이지 않는다며 떼를 쓰고 발을 동동거리고 있다는 것도 알고 있다.

뒤에 이어 내려갈 이야기는 어쩌면 지금까지 쓴 글 중에서 제일 솔직하지 못할지도 모른다. 정답이 없다는 걸 알면서도 무언가를 바라고 그리면서 쓴 글이라서. 하지만 솔직하지 못한 글 또한 현재의 '나'이고 이후에도 이런 감정이 들 때면 그것에 대해 생각하는 일을 즐거워하길 바라며 썼다. 두려워하지 않을 순 없어도 그로 인해 새로운 곳으로 발을 떼지 못하는 일은 없었으면 하며 산만한 형태로.

무한한 공간에 잠시 서 있는 모습으로 나를 그려본다. 하얗고도 하얀 도화지를 처음 맞이했을 때 무엇을 그려볼까 하는 고민조차 들지 않는 압도된 상태에 나를 올려 둔다. 꼬리를 물고 늘어지는 생각이 집착이란 감정에 갔다가 미처 못 보고 지나친 꿈에도 갔다가 결국 현재로 돌아오는 과정을 글로 갈무리하니 조금은 (아직도 정체를 모르는 어떤 것이)해소가 되는 것도 같다.

요가 동작을 천천히 완성할 때마다 내재한 힘이 꿈틀대는 게 느껴진다. 체중을 지탱하지 못해 좌우로 심하게 펄럭이던 팔은 어느새 중심을 찾았다. 몸의 열감이 식도를 타고 올라와 입안을 채웠다. 등허리에 살짝 땀이 맺히고 차가웠던 손발에 따뜻한 온기가 물들었다. 순간, 이 느낌을 '살아있다'라고 받아들인다면 매번 손발이 차가울 때마다 반대로 '살아있지 않다'라고 여기게 되는 건 아닌지 겁이 났다. 선과 악,

늙음과 죽음처럼 이분법적으로 나눠둔 개념이 단어의 경계를 뚜렷하게 만들어 두려움 또한 선명해진 걸까 하는 생각이 들었다.

팔다리를 뻗고 머리를 편하게 내려놓고 천장을 본 채 누워있는 자세를 요가에선 '사바 아사나'라고 부른다. '송장 자세'라는 뜻이다. 수련하는 동안 끙끙대며 잡고 있던 힘을 모두 놓으면 마음과 신체가 서서히 가라앉는 자세였다. 오늘 사바 아사나에서는 죽음에 대해 떠올리자고 다짐했다. 눈을 감고 부동의 자세로 숨을 들이마시고 내쉬는 동안 계속해서 다른 주제가 떠올랐다. '한 팔, 한 다리로 지탱하는 자세가 많은 건 세차게 흔들리는 와중에도 내면에 있는 중심을 잡고 버틸 수 있음을 느끼라고 그런 걸까? 그렇다면 수련을 거듭할수록 마음이 더 단단해지겠구나. 아니야, 이건 죽음에 대한 생각이 아니잖아.' 끼어들어온 생각에 질끈 눈을 감았지만 계속해서 흐릿해지더니 아까 엄습했던 두려움은 꽁무니만 남기고 사라졌다. 죽음은 알면서도 모르겠다.

늙음에서 죽음이란 단어까지 연결되는 선 사이에 끼워 넣을 단어가 생각나지 않는다. 너무나 천연덕스럽게 늙음을 떠올리면 죽음이 곧이어 뒤따라왔다. 동료 작가가 청취자에게 추천할 책이라며 자료 조사를 하는 책의 제목도 <늙어감에 관하여>였고, 아빠의 이마에 난 상처를 발견한 엄마가 서랍장에서 연고를 꺼내 발라줄 때 선명하게 남아있는 스케치 선을 닮은 아빠의 이마 주름과 머리카락이 자라나는 정중앙, 그리고 구레나룻에만 흰머리가 나는 엄마의 머리에 시선이 머물렀다. 자연스러운 일인 걸 알고 있어도 막상 변화를 눈으로 마주하면 마음이 수선스러웠다. 이런 분위기에서 생일 초의 앞자리 숫자가 바뀌기라도 하면 호들갑을 떨며 장난을 치는 지인들의 성화에 지레 놀란 척하며 우스꽝스러운 표정을 지었다. 숫자가 바뀐다고 달라지는 게 없는 걸 알고 있지만 파일 마감 시간을 느낀 회사원처럼 턱 끝까지 몰려온 조급함이 마음을 갑갑하게 만들었다.

가끔 할머니가 껄껄 웃으며 "늙으면 죽어야지"라는 말이라도 하면 철렁였다. 단어 바로 뒤에 죽음이 서 있는 것처럼 마음이 파들거렸다. 빠르게 흘러가는 시간을 무디게 느꼈던 과거와 달리 길이가 정해져 있는 실타래처럼 생긴 시간을 부여잡고 있는 모양새가 된 현재였다.

며칠 후 오른쪽 관자놀이에 맥박이 뛰듯 통증이 심해지더니 곧이어 귓바퀴까지 옮겨가 잠을 못 이루는 날이 지속되었다. 손가락으로 귀를 주무르며 꼿꼿하게 앉은 자세로 밤을 새우고 병원으로 가는 버스를 기다리고 있는데 거짓말처럼 죽음이 떠올랐다. '일부러 떠올리려 할 때는 사라지더니 지금부터 생각나다니' 할 때 두 단어 사이에 끼워 넣을 하나가 퍼뜩 생각났다. 나무, 나무였다.

갑자기 쏟아지기 시작한 비로 창밖의 가지가 세차게 흔들렸다. 모든 이파리와 몸통에 물기가 스며들어 있는 나무를 고요한 실내에서 바라보고 있자니 그 사이를 걷고 싶다고 생각했다. 얇은 거미줄이 얼굴에 붙는지도 모를 정도로 비가 가늘게 오는 걸 확인하고 대문을 열었다. 등산로 입구에 떨어진 발등부터 허벅지까지 오는 기다란 나뭇가지를 주워 젖어있는 흙을 푹푹 찌르며 걸음을 옮겼다.

입으로 숨을 쉬며 마스크 안이 물기로 가득 찼을 때쯤, 눈앞에 커다란 나무가 나타났다. 성인 두 명이 팔을 뻗어 안아야 겨우 둘레를 잴 수 있을 것 같은 아주 큰 나무였다. 곧게 뻗어나간 가지를 올려다보며 등을 대고 앉았다. 어떠한 동요도 없이 다정하게 내어준 어깨와 같은 나무였다. 마음 졸이는 순간에 이전과 현재의 삶을 잊어버리지 않도록 '지금 여기에 네가 있지 않냐.'며 알려줄 아주 커다란 나무가 두 단어 사이에 끼어있다면 마음이 조금은 든든할 것 같다는 생각이 들었다.

　흘러가는 것을 붙잡고 싶은 마음은 집착을 부르고 소실의 두려움을 만든다. 그게 죽음이든, 늙음이든 아주 고운 모래를 가득 쥐고 '모래를 가졌어!'라고 외치지만 손목을 타고 끊임없이 흘러내리고 있는 모래 알갱이를 못 본 체하고 어깃장을 놓고 있는 걸 모르지 않는다.
　미리 두려워하고 걱정하며 주위의 소중한 것을 보지 못하게 되지 않기를, 살아가면서 늙음과 죽음 사이에 끼워 넣을 수많은 단어를 찾을 수 있게 되길 생각하며 유한하지만, 무한한 현재에서 나무를 떠올리며 살아가자고 생각했다. 지나치는 것들이 많아지면 나중에 더 많은 후회에 이르게 될 것이란 마음에만 두려움을 조금 쥐여 주고서.

　노란색과 빨간색, 흰색 끈으로 칭칭 동여맨 시체를 예닐곱은 돼 보이는 사람들이 나눠 들고 강가로 향하는 모습이 화면에서 나오고 있다. 삶과 죽음이 공존한다고 알려진 인도 바라나시의 화장터를 담은 장면이었다. 하루에도 수백 건의 화장이 진행되는 터라 근처 나무가게엔 골목의 하늘을 뒤덮을 정도로 높게 나무가 쌓여 있었다. 그 앞에서 주인이 쉬지 않고

'탁', '툭'하고 소리를 내며 장작을 팰 때마다 인간의 흐르는 시간을 보여주는 초침 소리처럼 들렸다.

직계 가족 중 한 사람이 장례에 참여해야 윤회의 고리를 끊을 수 있다며 인간의 사슬을 끊고 자유로워지길 바란다는 소망을 이야기하는 그들의 눈에는 내가 읽지 못 할 많은 것이 담겨 있었다. 영상 후반부, 바라나시에 살고 있는 한국어가 유창한 철수라는 이름의 인도 사람은 죽음이 두렵지 않냐는 리포터의 질문에 "나는 죽는 게 겁이 안 나요. 이 세상에 누가 와요? 언젠가는 다 죽는 거예요. 내가 언제 죽을지 모르니까 지금만 믿어요. 그래서 항상 행복하게 즐기고 해요."라고 했다. 강한 억양으로 힘을 주어 말한 '사람은 누구나 죽어요!'라는 열변을 토한 그의 한 마디에 작은 위로를 받고 작은 웃음이 새어 나왔다. 두려움을 받아들이고 그날을 준비하며 현재를 살아가는 사람들. 미래나 과거도 필요 없이 지금 이곳에 존재하는 사람으로만 살아가는 화면 속 그의 얼굴을 빤히 쳐다봤다.

죽음을 떠올리는 일이 앞으로 나아갈 일에 조금의 발버둥이라도 된다면 과정이 우스꽝스럽고 소원해 보일지라도 끝까지 생각하겠다고, 쉬이 말하지 못할 것도 이야기하고 쉬이 할 것도 이야기하는 게 글이니 아주 조금씩이라도 계속해서 적자. 빠르지 않아도 괜찮다는 사람들을 믿고 나아가기로.

겁이 많은 사람이라는 걸 오늘도 인정하고 또 인정한다. 그리고 죽음을 생각함으로써 그것에 대한 두려움에도 불구하고 앞으로 걸어 나갈 수 있는 사람이라는 것도 안다. 앞서 이야기를 끝내고 느낀 것이라면 지금은 과거의 죽음보다 현재의 죽음과 미래의 죽음을 여실히 느끼고 있다는 것, 그래서 손으로든 마음으로든 계속 걷다 보면 다른 죽음을 생각하고 받아들일 수 있겠다는 확신을 가지게 됐다.

또다. 또 알 수 없는 슬픔이 찾아왔다.
살아가다가 문득 고개를 드는 슬픔이다.

●●●●

불안하다.
그리고 불안하지 않다.

항상 공존한다.

*

이따금 죽음에 대한 공포가 문득 들 때면 어찌해야 할 바를 모르겠다. 졸린 눈을 비비고 화장실로 향해 미지근한 물을 머리에 끼얹는 순간부터 시작된 공포는 쉽사리 사라지지 않았다. 여행을 마치고 기분 좋게 돌아온 하루의 새벽에서 나는 화장실 벽에 등을 기대고 쪼그려 앉아 머리와 어깨에 찬물을 계속 끼얹었다. 무한했던 모든 시간은 끝을 마주하며 줄어드는 과정을 바라봐야 하는 막대 과자처럼 너무도 좁고 또 짧게 유한해졌다.

'단 한 번'이라는 반짝이는 말 속에 '삶'이라는 단어가 함께하니 더욱 싱그럽게 잔인한 말로 변했다. '단 한 번의 삶'이라는 말을 듣는 순간, 지금도 흘러가고 있는 현재 젊음과 언젠가 마주할 죽음이 코앞으로 다가온 듯 두려워졌고 '피할 수 없는' 이란 말은 그러한 시간을 아무것도 아니라는 듯 축소했다.

이 젊음이 흘러가지 않고 그대로 멈췄으면 좋겠고 끝나지 않을 시간을 원한다. 나는 너무 행복하고 이 삶에 끝이라는 말은 영원히 만나고 싶지 않기에.

145

'나'는 한 번의 삶이 끝나면 다시는 돌아올 수 없고 아무도 그 존재를 모를 것이라는 생각에 두렵다. 두 번도 세 번도 아닌 단 한 번의 삶. 마침표가 찍히는 순간 영원히 먼지처럼 사라져 버릴 그 순간을 마주하기 전까지 어떤 마음을 품고 살아야 하는 걸까.

나의 죽음을 인정하지 못한다면, 나는 어떻게 될까.

이런 생각을 떠올릴 사람에게 주어진 것 중 제일 값진 것이 있다면 바로 망각이다. 매분, 매초 죽음에 대해 생각한다면 미쳐버릴 시간 속에 망각을 통해 잠시 잊는 그 순간은 일생을 마치기 전까지 지속된다. 술과 같이. 우린 잊고 또 잊는다. 잊지 않으면 어떤 곳으로도 나아갈 수 없다.

●●●●

창 너머로 들어오는 햇빛이 너무 밝으면
눈이 부셔 잠을 푹 자기 어렵다는 것을 알게 되었다.

다이어리에 적어둔 것들은
당시엔 소중했지만 어쩌면,
마음으로부터 버리고 싶은 이야기였을지도 모르겠다.

*

    대학 실기 시험을 준비할 때 하루 8시간 이상씩 매일 그림을 그리지만 생각한 대로 따라오지 않는 손이 답답했다. 하루 두 번의 모의 평가를 진행하며 그림에 대한 냉정한 평가를 받을 때마다 장단점을 기록해 둔 수첩은 어느새 몇 장 남지도 않았는데 내 그림은 다른 사람에 비해 여전히 아쉬운 점만 보였다. 다른 친구들은 빨리 느는 것 같은데 여전히 제자리인 건 나뿐인 것 같았다.

    그날 이후 이젤 앞에 앉아 도화지를 화판에 고정하며 생각했다. '계속 그리자.' 그렇게 몇 개월의 시간이 흘렀을까. 눈에 띄었던 단점이 장점에 가려지기 시작했다. 물의 농도를 섬세하게 조절할 수 있게 되어 물감을 여러 번 쌓아도 탁해지지 않았고 배경에 선명하게 생기던 붓 자국이 자연스럽게 연결되기 시작하며 그림에 공간감을 형성했다. 늘지 않고 있던 것이 아니라 아주 미세하게 변화를 받아들이며 차곡차곡 걸어가고 있던 것이었다.

    하물며 직업이 될 줄 몰랐던 책을 만들고 글을 쓰는 일을 시작할 때도 그랬다. 흰색 바탕의 검은색의 커서가 눈꺼풀처럼 깜빡깜빡하는 화면을 볼 때마다 한 문장 쓰기가 두려웠다. 힘들게 적어낸 몇 자를 뚫어져라 응시하다가 얼른 지우라고 재촉하듯이 키보드에서 엔터키 다음으로 넓은 면적의 삭제키를 반복해서 눌렀다. 손이 가는 대로 한 번에 글이 잘 써지기를 바라는 모순에 서 있었다.

엄마의 갱년기를 마주한 큰딸의 시선을 담은 <스키터> 원고를 준비할 때 걱정이 불쑥불쑥 찾아왔다. 교열하려고 읽으면 읽을수록 '엄마랑 싸운 이야기밖에 안 쓴 것 같은데 독자들이 이 이야기를 궁금해할까?', '너무 개인적인 이야기를 쓴 건 아닐까' 하는 생각만 들었다. '내가 글을 잘 못 써서 이야기의 전달력이 부족하면 어떡하지'란 생각에 고치고 다시 읽고 또다시 고치고를 반복하다, 결국 일 년 동안 원고를 잡고 있다 출간했다. 어떤 책이든 작가의 손에서 떠나보낸 원고는 독자에게 보내고 답장을 기다리지 않는 편지 같다. 간간이 인스타로 들려오는 독자들의 소식을 어깨너머로 접하고 그다음 해, 책을 들고 서울에서 열리는 행사에 참여했다.

3일 동안 진행되는 긴 여정의 둘째 날, 수많은 인파 속에서 앳된 얼굴의 여자분이 가만히 부스를 바라보고 있다가 조용히 와서 진열된 책에 시선을 고정했다. 보라색으로 채워진 앞표지와 뒤표지를 번갈아 가며 유심히 바라보기에 "그 책은 엄마의 갱년기를 마주한 가족들의 이야기를 담은 책입니다."는 말을 조심스레 전했다. 8시간 내내 똑같은 책 소개 멘트를 반복하다 보니 자동응답기처럼 나온 말이었다. 그때 여자분은 너무 놀란 표정을 지으며 나를 바라봤다. 곧 울 것처럼 눈시울이 붉어지고 있었다. 당황스러운 시선을 느꼈는지 여자는 고개를 푹 숙이고 잠시서 있다가 아주 작은 소리로 "한 권 계산할게요."라고 했다. 증정용 엽서와 책을 종이봉투에 넣어 건네는 동안 여자는 계속 샘플용 책을 어루만졌다. "감사합니다."라는 말을 전하며 봉투를 건네자 가볍게 목례하고 인파 속으로 사라지는 뒷모습을 바라봤다.

한 시간쯤 지나고 방문객의 발길이 조금 뜸해졌을 때 휴대폰의 메세지 요청 알림이 울렸다. 처음 보는 아이디였다. 전시대 뒤쪽에 마련된 간이 의자에 앉아 메시지 창을 눌렀다. '안녕하세요, 작가님. 오늘이 행사 마지막 날이라 바쁘실 것 같지만 책을 읽고 이 감정을 고스란히 전하고 싶어 연락드립니다.'는 문장으로 시작된 문자였다. 이야기를 읽어 내려가면 마음이 요동칠 것을 알면서도 근처 카페에서 커피만 받은

153

채 바로 읽기 시작했다는 문자 속의 독자는 글을 읽을 때 몇 번이고 멈췄다가 다시 읽기를 반복했다고 전했다. 독자의 어머니는 갱년기와 질병, 우울증까지 동반하여 가족들과 거리를 두고 있었는데 글을 읽으며 무척 그리워지는 감정이 쏟아졌다며 후반부를 읽을 때쯤엔 카페에 있는 황갈색의 휴지가 다 젖어 흐물흐물해질 때까지 울었다고 했다. 한 몸처럼 지냈던 어머니와 상상해 본 적 없는 모습으로 변한 현 상황에 받게 된 상담 시간보다 솔직하게 눈물이 났다고 했다. 그녀는 마지막에 "책을 읽고 다음에 기회가 되면 감사 인사를 꼭 드리고 싶어요. 외면하고 지냈던 그리움을 마주할 수 있게 해주셔서 감사합니다. 늘 응원하겠습니다."고 말하며 이야기를 마쳤다. 마지막 문장을 읽을 때쯤엔 방울방울 떨어지는 눈물을 피해 휴대폰을 테이블에 올려두고 고개를 숙였다. 그녀가 전해준 마음은 행사를 준비하며 긴장되고 경직되었던 마음을 안도의 한숨으로 바꿔주었다. 글이 누군가에게 닿았다는 마음이 배트에 맞은 야구공처럼 선명하게 느껴졌다. 귓가에 윙윙거리는 소리가 낮고 길게 이어졌다.

누군가 책을 만드는 이유에 관해 물었던 적이 있다. 정확히 뭐라 답했는지 기억나지는 않지만, 생각나는 것을 조합해 대충 얼버무렸던 것 같다.

　행사를 마치고 테이블에 천을 둘러두고 오래된 나
무 계단의 손잡이를 잡고 내려오며 생각했다. '우리
같이 이야기하자고', '당신과 대화하고 싶어서' 책
을 만든다고. 이야기를 나누고자 원고를 쓰고 그림을
그렸던 책을 읽고 누군가 울었다. 그 마음을 전해 듣
고 눈물이 흘렀다. 나를 응원해 주는 사람이 생겼다.
나도 늘 응원할 누군가가 생겼다.

●●●●

책은 단지 종이가 묶여있는 물건이 아니라,
작품을 소장하고, 책을 읽고 있는 공간과 시간,
그리고 상황 모두가 고스란히 책장에 보관되는 앨범
이다. 후엔 언제든 그 시간을 꺼내볼 수 있는 역할을
한다.

●●●●

오로지 부끄러움의 산물이었던 어린 시절의 글이
누군가에겐 소중하게 읽히고 있다는 것을.

*

사소하다고 생각하며 외면하고 넘겼던 마음이 그 자리에서 오해로 와전되고 있던 것을 나중에 알게 된 적이 많다. 그것도 꽤 많은 마음이 그랬다. 삼키면 사라질 거로 생각했지만 그 자리에 그대로 남아 있었다는 건 써낸 글을 다시 읽었을 때 처음 알았다. 기억을 더듬어 되돌아 걷는 것이 힘에 부칠 때면 '글이 써지지 않네'라고 생각했다. 근데 이 말이 그 자리에서 오래 머무르고 있었는지, 차후에는 '내가 쓰고 있는 게 맞을까?', '이것도 글이라고 할 수 있나?', '나는 글을 잘 못 쓰는구나.'라며 눈덩이처럼 곁다리가 붙었다. 시작이 어디였는지는 잊어버리고 의심과 함께 불안함만 커졌다.

마치 그것이 사실인 것처럼 인정하고 토라진 채 대자로 뻗어버린 마음은 쉽사리 일어나려 하지 않았다. 이미 거대해진 귀찮음은 그것을 풀어보려는 부지런함을 보기 좋게 짓눌렀다. 오해의 벽에 끼어 겨우 숨을 쉬는 순간마다 외로움을 느꼈다. 다시 처음으로 돌아가야 했다. 내가 무엇을 좋아하는지 돌아봐야 했고 이런 나를 바라보는 다른 사람의 눈도 필요했다.

침대 밑에 넣어둔 옛날 앨범을 꺼냈다. 작고 동그란 뒤통수에 일자로 뻗은 가르마 양옆으로 분홍색 구슬 머리끈으로 야무지게 머리를 묶은 동생의 귀여운 사진이 나왔다. 놀이터에서 얼마나 촐랑거리며 뛰고 있는지 두 발이 땅에 닿아있는 모습은 거의 찾아볼 수 없었다. 앨범을 넘기는 내내 꾹꾹 눌러 담은 웃음이 어쩔 수 없이 새어 나왔다. '지금 보고 있는 걸 글로 옮기는 것도 아주 재밌는데' 하는 생각이 슬며시 들었다. 앨범을 넣어두고 노트북의 메모 폴더를 열었다. 짧게 쓴 문장을 하나씩 열어보며 그간의 시간을 나열했다. 과거부터 현재까지 마음속에 오래 남아있던 기억이 선명하게 표현되어 있었다. 아주 오랜만에 소중한 지인을 만났을 때처럼 잊고 있었던 따스함이 느껴졌다. 일 년 전 날짜가 찍혀있는 메모를 만났다.

상상만으로 무너져 내릴 것 같은 소중한 사람의 상실에 대한 두려움을 그에게 얘기했을 때 잠자코 듣고 있던 그가 말했다. "작가님은 본인이 생각하는 것보다 훨씬 더 강한 사람일 거예요."라고. "그럴까요."라고 웅얼거렸지만 내 눈은 이미 벌게져 글썽이고 있었다. 슬퍼서가 아니라 말을 건네준 그에게 고마워서였다. 그의 마음이 내게 와서 나를 감싸안았다'라고. 그 아래에 있는 메모에는 이런 글도 있었다.

아슬아슬한 마음으로 시작된 출판 일을 지속하고자 마음먹었던 초창기 시절, 내가 만든 책을 보고 그녀는 말했다. "너는 그림보다 글을 통해 이야기하는 걸 훨씬 잘하는 것 같아."라고. 이번엔 쑥스러워 얼굴이 벌게졌다. 손사래를 치며 다른 이야기로 화두를 돌렸지만, 양쪽 입꼬리가 올라가지 않도록 입술을 단단히 물고 콧김을 내뿜으며 심호흡했다. 그녀의 말 한마디가 내게 와서 용기가 되었다'라고. 이어서 마지막 날짜의 메모가 하단에서 툭 튀어나왔다. 옆 장에는 한 자씩 꾹꾹 눌러쓴 편지가 곱게 접어 꽂혀있었다. 편지를 건네준 이들이 선명하게 떠올랐다.

처음 나간 행사에서 내가 만든 책을 보고 '어떻게, 이런!'이란 감탄사를 다양한 방식으로 전해주던 독자들에게 "아유, 부족하지만 재밌게 읽어주세요. 감사합니다."라며 머리를 긁적였지만, 마음은 이미 눈물이 가득 채워져 빈 곳이 없었다. 그들이 표현해 준 마음과 그로부터 발생한 온기가 고마워서, 그 마음을 나눠주고 또 전해줘서 진심으로 고마웠다'라고.

앨범을 원래 있던 자리에 돌려놓고 노트북 화면을 잠시 덮었다. 오해를 푸는 건 혼자였지만 풀 수 있는 용기를 준 건 그들이었다. 친구, 가족, 동료라 불리는 그들 덕분에 나는 자신을 마주할 수 있었다. 용기를 냈다고 해서 모든 오해가 바로 풀리지는 않았다. 더듬다가 눈물이 나기도 하고 슬픔에 빠지기도 하며 길을 잃어버린 것 같은 느낌이 들다가도 눈을 감았다 뜨는 순간 그들이 만들어 준 희미한 빛이 아릿하게 보였다. 건네받은 빛은 언제나 단단하게 그 자리를 지키고 있었다.

　우연히 갖게 된 찻자리에서 팽주가 우린 찻물을 숙우로 옮겨두는 과정을 집중해서 본 적이 있다. 다관 주둥이에 맺혀있는 작은 물방울이 조금 더 제 몸을 부풀려 떨어질 때까지 잠자코 기다리는 모습이 신기해 눈을 떼지 못했다. 빨리 떨어지길 바라는 마음으로 다관을 흔들거나 이미 따라진 찻물에 주둥이를 갖다 댄다거나 하는 모습도 없이 다관과 팔이 일체가 된 듯 부동의 자세로 기다렸다.

　'톡'하고 마지막 물방울이 떨어지고 나서도 일부의 시간 동안 정지하고 나서 다관을 찻상 위로 내려두었는데 그 모든 시간이 차분했다. 한시라도 빨리 찻물을 입에 머금고 향을 느끼고자 하는 조급한 행색이 아니라 숨을 고르고 기다리고 눈을 감고 또 기다렸다. 손끝에서 '조급하지 않아도 괜찮아.', '빠르지 않아도 괜찮아.'라며 다독이는 마음이 흐르고 있었다. '그래, 다시 한번 천천히.'

한 자씩 글자가 모이면 문장이 되고 읽어주는 사람이 있으면 비로소 모두의 글이 되었다. 그런 걸 못하는 사람이라 생각했던 오해가 하나둘 풀리기 시작했다. 못하는 게 아니라 도전하기에 앞서 드는 수십 가지의 걱정이 더 커 보일 뿐이었고 작은 용기를 내어 실행하고 나면 그로부터 오는 새로운 영감이 온몸을 휘젓고 다닌다는 것을 알았다. 오늘도 사소하게 넘겨버린 마음으로부터 생겨난 작은 오해를 만나러 노트북 앞에 앉았다.

●●●●

"오랫동안 책이 나오지 않아도 괜찮아."라는 아빠의 말.
조급함이 휴대폰 너머까지 들린 걸까.

●●●●

평소 생각하던 단어를 하나씩 골라내 의미를 다시
생각했다. 그 중 몇 개를 허공에 떠올려 엄지손가락
으로 문댄 후에 흩어버렸다.

Everywhere

; 자주 연락하자, 우리

1판 1쇄 인쇄	2024년 11월 02일	서체	Thommy Handwrite
			부크크 명조 bold
지은이	박지현	표지	랑데뷰 UW 210
디자인	아홉프레스		(matte coating)
		내지	미색모조 80
발행처	아홉프레스	인쇄	프린피아
주소	경기도 파주시		
	와석순환로 507, 7층	가격	15,000원
	701-46호 (와동동)		
이메일	sah00247@naver.com		
SNS	instagram @sah00247,		
	@ahhope_press		

ISBN
979-11-988159-0-3 (03810)